字旅行間

穿梭港臺日韓街巷・講習漢字根源流變

田南君　著

一鄉一世界·一字一宇宙

到外地旅遊，固然要盡情玩樂、放鬆身心，不過趁機了解當地歷史文化也十分重要。所謂「各處鄉村各處例」，要認識一地之文化，可以從當地常用的文字入手，因為文字能夠記載並傳承當地的歷史、文化與價值觀。

譬如說，漢字已經有四千年歷史，是人類至今連續使用時間最長的書寫系統。雖然當中不少文字的古義，已因時代變遷而逐漸脫落；不過幸運的是，部分字詞卻猶如花果飄零，散落到不同地方，被國內、國外的後人保留下來，並繼續使用。

譬如「月臺」一詞，始見於南朝時代，本指用來觀賞月色的方形平臺，如今卻見於港、澳、臺地區，表示車站裏乘客候車的地方（Platform）；又例如「驛」，本指供官員遠行時稍事休息的館舍，先秦時早已有之，今天則見於日、韓兩國，所指的就是「鐵路車站」；還有香港的「請移玉步」、臺灣的「里長」、日本的「射的」、韓國的「京畿」……每個字、每組詞，都承載着悠久的歷史、蘊藏着有趣的故事，只要細心發掘、探索和了解，就足以踏上一趟穿梭古今、跨越地域、意義重大的旅程。

故此，筆者就把這幾年來在香港本地遊歷，還有到臺灣、日本、韓國等外地旅遊時，在機場、車站、碼頭、餐廳、公園、路邊、車上、河邊……遇到的漢語字詞，統統拍攝下來，並從不同角度尋根究底，最終寫成這本《字旅行間》。

之所以叫做《字旅行間》，是因為文字從出現的一刻起，就一直在時光中旅行，穿梭古今，即所謂「字旅」；而筆者就帶着相機、懷着好奇，行歷於港、臺、日、韓四地之間，來回中外，即所謂「行間」。「字旅」與「行間」的時空交匯，猶如織布機上經紗與緯紗的縱橫交錯，最終編織出每方文字的小宇宙。

本書分為「港臺篇」與「日韓篇」兩大部分，合共三十篇。每篇前半部分，均圖文並茂地講解三十個來自上述四地的漢語字詞的前世今生；後半部分則附有一篇短小的古詩文，通過淺顯的註釋和題目，讓讀者重溫這些字詞、提升閱解能力。

本書之所以能夠面世，首先要感謝初文出版社的黎社長，對這本書背後理念的肯定與支持；也要感謝多年來的御用插畫師廖鴻雁LALA、撰寫題目的阿彥和紫渝；更要感謝為本書內容提供了不少寶貴意見的好友：玉儀居士、穎霖(Kim)、勞氏爸爸、萬基(Barry)；還有給予第一身讀後感的幾位學生：敏淇同學、子茵同學、思澄同學、珮霖同學、峻祺同學、樂宜同學；當然還有一直給我鼓勵和靈感、讓我衝破重重難關的田翠大人！多謝你們！

「一鄉一世界，一字一宇宙」，現在大家就安坐椅上，呷一口茶、揭一頁紙，跟我一起「窺探各處鄉村的文化大觀，漫遊每方文字的時空行旅」吧！

南君

自敘於田南樂堂

二〇二五年三月三十日

目錄

港臺篇

日韓篇

01 君

字義流變：

長官→統治者→您／先生

拍攝地：西灣河太康街西灣河碼頭

某次，跟朋友到東龍洲遠足。東龍洲是西貢區最南面的島嶼，卻毗鄰維港東口，因此可以從鯉魚門的三家村碼頭，或港島的西灣河碼頭乘船前往。朋友居港島，所以就從西灣河出發了。

在碼頭候船時，發現一幅懸掛在牆壁上的橫額，上面寫着「期待再次為君服務」的字句。朋友打趣地說：「為『君』服務？南君，你跟這家小輪公司很熟絡的嗎？」

其實，下面「We hope to see you again soon」這句就說明了「君」在這裏正是解作「您」。不過，「君」的本義不是「您」，而是另有所指，我們先從「尹」字說起。

* * *

左圖是「尹」的甲骨文寫法，繪畫了「以手持杖」的模樣。手中有杖，既可指揮羣眾，也可拷打犯人：這根杖就是權力的象徵。「尹」的本義就是「長官」——坐擁權力、管理羣眾的人。

王恂（讀〔詢；xún；ㄒㄩㄣˊ〕）是晉武帝的舅父，《晉書·外戚列傳》提到他「在朝忠正，累遷河南尹」：由於忠心正直，因此多次被晉升（累遷）為「河南尹」——河南府的長官。

至於「君」，則由「尹」和「口」組成。「君」和「尹」有着甚麼關係呢？許慎在《說文解字·口部》中這樣解釋：

君，尊也。从尹；發號，故从口。

許慎認為，「君」的地位崇高（尊），而且是「坐擁權力、管理羣眾的人」，故此「从（從）尹」；加上需要向眾人發號施令，故此「从口」。既要掌握權力，亦要管理羣眾，更要發號施令，由此可見**「君」的本義同樣是「長官」**。

*　　*　　*

後來，「君」引申出新字義——**泛指各級統治者。**東漢經學家鄭玄給《儀禮·喪服》作註解時這樣說：

天子、諸侯及卿大夫有地者，皆曰「君」。

天子、皇帝，統治天下萬民，自然能以「君」稱之。《新五代史·伶官傳》的序言提到，後唐開國君主李存勗（讀〔沃；xù；ㄒㄩˋ〕）消滅後梁後，「函梁君臣之首」——用盒子裝着（函）後梁皇帝及其臣子的頭顱（梁君臣之首）。句中的「君」字解作「皇帝」，所指的是後梁最後一任皇帝——「梁末帝」朱友貞。

諸侯管治一國之民，同樣能以「君」稱之。據《左傳·成公二年》記載，春秋時，齊、晉兩國爆發「鞌之戰」，御駕親征的齊頃公被追擊，大臣逢丑父於是與齊頃公易服換位，最後齊頃公成功逃脫，丑父則被俘虜。晉軍主將郤克（「郤」讀〔隙；xì；ㄒㄧˋ〕）打算斬殺丑父時，丑父說：

自今無有代其君任患者，有一於此，將為戮乎？

句中的「君」解作「諸侯」，所指的就是齊國君主齊頃公。逢丑父的意思是：「你一旦殺了我，從今之後（自今無有）世上就再沒有代替國君承受禍患的臣子（代其君任患者），現在這裏就有一個這樣的人 (有一於此)，你難道還要殺我嗎（將為戮乎）？」識英雄重英雄的郤克聽後，就決定不殺丑父了。

擁有封地的卿大夫，治理一地之民，因此也能以「君」稱之。《禮記．曲禮下》這樣說：

君大夫之子，不敢自稱曰余小子。

唐代的孔穎達解釋說：「大夫有地者則亦稱曰『君』，故云『君大夫』也。」「君大夫」就是擁有封地的大夫；至於「余小子」，則是周天子居喪時的自稱。古人對自己的稱呼極為嚴謹，擁有封地的大夫，他們的兒子是不可以亂用「余小子」來稱呼自己的，否則就是僭越天子的行為。

*　　　*　　　*

天子、諸侯、卿大夫都身居尊位，大抵如此，「君」後來又引申出新字義——**對對方的尊稱，相當於「您」**。據《戰國策．齊策一》所載，齊國宰相鄒忌有一天問他的妻子，自己跟國都第一美男子徐君平，哪一個比較英俊。他的妻子這樣回答他：

君美甚，徐公何能及君也？

妻子的意思是：您十分英俊，徐先生怎麼能夠比得上您呢？當中的「君」解作「您」，是妻子對丈夫的尊稱。

「君」也可以用作對方的稱謂，**類似今天的「先生」**。譬如在《史記．蘇秦列傳》中，蘇秦的舍人跟秦國宰相張儀說：

臣非知君，知君乃蘇君。

這段引文共有三個「君」字，首兩個解作「您」，是舍人對張儀的尊稱；最後一個「君」字則用作蘇秦的稱謂，「蘇君」就是「蘇先生」。換言之，句子可以譯作：「我不了解『您』，了解『您』的是蘇『先生』」。

今天，「君」已不再用來稱呼皇帝、諸侯、卿大夫；可是，表示「您」的字義卻被留存下來。譬如碼頭橫額上的「為君服務」，當中的「君」就是小輪公司對乘客的尊稱；又例如繡上了「祝君早午晚安」紅色大字的復古毛巾，當中的「君」就是廠家對用家的尊稱，是早午晚的一聲問候；甚至有人以「粥」代「祝」，把粥品店命名為「粥君好」，當中的「君」就是店家對食客的尊稱：以「粥君好」作「祝君好」的諧音，祝福食客用膳愉快。

繡上了「祝君早午晚安」的復古毛巾
（拍攝地：荃灣南豐紗廠）

以「粥」代「祝」的粥品店
（拍攝地：堅尼地城卑路乍街）

延伸篇章

藺相如避見廉將軍

西漢．司馬遷《史記．廉頗藺相如列傳》（節選）

摘要 澠池之會後，藺相如被擢升為上卿，官位比戰績彪炳的廉頗還要高。廉頗不忿，誓言要侮辱藺相如；相如知道後，卻處處避開他。

相如聞，不肯與會。相如每朝〔讀〔潮〕〕時，常稱病，不欲與廉頗爭列❶。已而相如出，望見廉頗，相如引車避匿。

於是舍〔讀〔瀉〕〕人❷相與諫〔讀〔澗〕〕曰：「臣所以去親戚❸而事君者，徒慕君之高義也。今君與廉頗同列，廉君宣惡言而君畏匿之，恐懼殊甚，且庸人尚羞之，況於將相乎！臣等不肖，請辭去。」

藺相如固止之，曰：「公之視廉將軍孰〔讀〔熟〕〕與❹秦王？」曰：「不若也。」相如曰：「夫〔讀〔扶〕〕以秦王之威，而相如廷叱〔讀〔斥〕〕之，辱其羣臣，相如雖駑〔讀〔奴〕〕❺，獨畏廉將軍哉？顧❻吾念之，彊秦之所以不敢加兵於趙者，徒以吾兩人在也。今兩虎共鬥，其勢不俱生。吾所以為此者，以先國家之急而後私讎〔讀〔愁〕〕❼也。」

注釋

❶爭列：這裏指爭逐朝會時大臣所站位置的先後。
❷舍人：王公貴族的門客或親信。　❸親戚：親人。
❹孰與：用於比較事物的句式，相當於「……和……，哪一個更……？」。
❺駑：才能差劣。　❻顧：在這裏解作「只是」。
❼讎：同「仇」，仇怨、仇恨。

篇章理解

1. 請解釋下列**粗體文字**在文中的意思。（4 分）

i. **徒**慕君之高義也。 **徒**：________

ii. 臣等**不肖**，請辭去。 **不肖**：________

iii. 藺相如**固**止之。 **固**：________

iv. **獨**畏廉將軍哉？ **獨**：________

2. 將下列句子語譯成通順的語體文。（3 分）

廉君宣惡言而君畏匿之，恐懼殊甚。

____

3. 下列哪一項**不是**藺相如躲避廉頗的行徑？（1 分）

○ A. 把車子拉到遠處。 ○ B. 拒絕與廉頗見面。

○ C. 借病不肯參與朝會。 ○ D. 避開有關廉頗的話題。

4. 舍人向藺相如請辭的原因是甚麼？（3 分）

____

____

5. 何以見得藺相如並不畏懼廉頗？（3 分）

____

____

6. 廉頗口中「先國家之急而後私讎」指的是甚麼事情？（3 分）

____

____

02 閣下

字義流變：

藏書樓裏→官府裏→尊稱對方

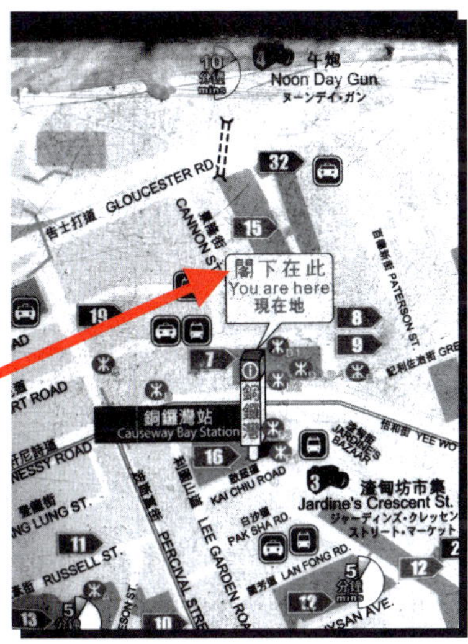

拍攝地：銅鑼灣啟超道

最近，要接待一位來香港遊玩的韓國朋友，於是帶她來到銅鑼灣，感受這裏的繁華熱鬧。這位韓國朋友是懂得一點中文的，當她看到這張街道圖上的「閣下在此」時，就問「閣下」是甚麼意思。

根據對應的翻譯「You are here」，「閣下」就是「你」，嚴謹一點的話，應該寫作「您」，因為「閣下」是對對方的尊稱，用法跟前一課的「君」一樣。問題來了：既然是尊稱對方，那為甚麼要用「下」，而不是用「上」呢？那就要從「陛下」說起了。

*　　　*　　　*

「陛」本指臺階，後特指宮殿的臺階。《戰國策．燕策三》記載了荊軻刺殺秦王前的一幕：

荊軻奉樊於期頭函，而秦武陽奉地圖匣，以次進至陛下。

來自燕國的刺客荊軻捧着載有樊於期（樊於期因得罪秦王嬴政而逃到燕國，後來為協助荊軻刺殺秦王，因而甘願獻上自己的首級作為利誘）首級的盒子，而他的助手秦武陽就捧着載有燕國地圖的盒子。他們依次序走到「陛下」，準備拜見秦王。當中的「陛」就是指秦王宮殿的臺階，故此，「陛下」起初就是指「臺階的下方」。

然而，包括秦王在內的所有國君，都不會隨便接見別人，即使是朝臣也不例外。故此東漢人蔡邕（讀〔翁；yōng；ㄩㄥ〕）在其著作《獨斷》中這樣說：

天子必有近臣，執兵陳于陛側以戒不虞。謂之「陛下」者，羣臣與天子言，不敢指斥天子，故呼在陛下者而告之。

近臣就是站在宮殿臺階下方、手執兵器的侍衛，以防有人突然走上臺階、闖進宮殿（執兵陳于陛側以戒不虞）。臣子想向天子奏事，既不能走上臺階，也不能直呼天子（不敢指斥天子），於是要靠「臺階之下」的近臣來傳話。**「陛下」**本來是請近臣向天子傳話的語句，後來才演化為**對天子的尊稱**。故此蔡邕說：「天子正號曰『皇帝』……臣民稱之曰『陛下』。」

* * *

接着是「殿下」。**「殿下」**本指「宮殿臺階的下方」，後來用作**對諸侯王、太子的尊稱**。根據《三國志．邢顒傳》記載，曹植才思敏捷、行為檢點，曹操對他愛護有加，因此曹植即使只是第三子，曹操還是想讓他成為繼任人。這時，邢顒（讀〔形容；xíng yóng；ㄩㄥˊ ㄒㄧㄥˊ〕）就向曹操進諫：

以庶代宗，先世之戒也。願殿下深重察之！

邢顒說，用庶子（「庶」讀〔恕；shù；ㄕㄨˋ〕）取代長子（以庶代宗）來作為繼任人，必生亂事，歷代已有先例作為借鑒（先世之戒），故此希望曹操能夠慎重考慮（願殿下深重察之）。由於當時曹操的身份是「魏王」，故此邢顒用「殿下」來尊稱曹操。

*　　　　*　　　　*

終於到「閣下」了。閣，可以解作「皇家藏書樓」，也可以解作「官府」，至於**「閣下」，則可以解作「藏書樓之中」或「官府裏」**。《世說新語．文學》記載了一段有趣的小故事：

王東亭到桓公吏……桓令人竊取其白事。東亭即於閣下更作，無復同一字。

東晉時期，東亭侯王珣（讀〔詢；xún；ㄒㄩㄣˊ〕）到大將軍桓溫（「桓」讀〔援；huán；ㄏㄨㄢˊ〕）軍中擔任主簿，負責文書工作。有一次，桓溫派人拿走王珣剛寫好的報告（桓令人竊取其白事），藉此預覽內容。王珣不久發現報告失蹤，於是馬上在官府裏重新撰寫（即於閣下更作）。讓桓溫驚訝的是，新寫的報告跟原有的那份內容相同，卻沒有用上相同的字（無復同一字），足見王珣的記憶力和才思驚人。原文中的「閣下」就是指「官府裏」。

與「陛下」和「殿下」一樣，「閣下」逐漸演變成對對方的尊稱，而由於「閣」是指官署，因此**「閣下」所尊稱的，就是朝中達官顯貴**。唐代詩人歐陽詹到洛陽應考科舉前，曾寫信給一位姓張的尚書，希望得到他的注意和提攜。書信開首這樣寫：

前鄉貢進士歐陽詹……授僕人書，獻尚書閣下。

當中的「閣下」，就是歐陽詹對張尚書的尊稱。

時移世易，到了唐朝末年，**「閣下」就逐漸用於對一般人的敬稱**。唐末的趙璘在《因話錄．徵部》這樣寫：

古者三公開閣，郡守比古之侯伯，亦有閣，所以世之書題有「閣下」之稱……近日官至使府御史及畿令，悉呼「閣下」……今又布衣相呼，盡曰「閣下」。雖出于浮薄相戲，亦是名分大壞矣。

據趙璘所言，「閣下」起初只用於三公、郡守等高官，後來官位稍低的「御史」和「畿令」都被稱為「閣下」；現在就連平民百姓也以「閣下」相稱(**今又布衣相呼**)。趙璘認為雖然只是開玩笑(浮薄相戲)式稱呼,不過已經破壞高官的身份和地位了(**名分大壞矣**)。

* * *

現在不再是封建社會,沒有皇帝、太子,也沒有諸侯王,「陛下」與「殿下」自然用不上,唯獨「閣下」承襲晚唐用法,繼續用於一般人身上:旅客是我們的客人、客戶是銀行的主顧、顧客是商場的主顧,相關機構自然會以「閣下」稱呼他們。不知道「閣下」還在甚麼地方見過「閣下」這個詞語呢?

銀行以「閣下」稱呼客戶
(照片由讀者提供)

商場以「閣下」稱呼顧客
(拍攝地:旺角新世紀廣場)

延伸篇章

伍德瑜藏刀刺董卓

明·羅貫中《三國演義·第四回》（節選）

摘要　東漢末年，董卓背叛朝廷，廢少帝、立獻帝，繼而專斷朝政、淫亂後宮，朝臣人人得而誅之，當中包括越騎校尉伍孚。

越騎（讀〔技〕）校（讀〔較〕）尉❶伍孚，字德瑜，見卓殘暴，憤恨不平。嘗於朝服內披小鎧（讀〔海〕），藏短刀，欲伺便（讀〔自辯〕）殺卓。

一日，卓入朝，孚迎至閣下，拔刀直刺卓。卓氣力大，兩手摳（讀〔溝〕）❷住；呂布便入，揪（讀〔周〕）❸倒伍孚。卓問曰：「誰教（讀〔交〕）汝反？」孚瞪（讀〔情〕）目大喝曰：「汝非吾君，吾非汝臣，何反之有？汝罪惡盈天，人人願得而誅之！吾恨不車（讀〔居〕）裂❹汝以謝天下！」卓大怒，命牽出剖剮（讀〔寡〕）之。孚至死罵不絕口。

董卓自此出入常帶甲士護衛。

注釋

❶越騎校尉：漢朝軍官名稱。
❷摳：提起。
❸揪：扯出。
❹車裂：俗稱「五馬分屍」，將死囚的頭和四肢分別綁在五輛馬車上，五馬同時分馳，撕裂肢體。

篇章理解

1. 請解釋下列**粗體文字**在文中的意思。（2 分）

   i. 誰**教**汝反？ **教**：________

   ii. 命牽出剖**剮**之。 **剮**：________

2. 將下列句子語譯成通順的語體文。（3 分）

   汝非吾君，吾非汝臣，何反之有？

   ____

3. 下列哪一句與本文「孚迎至閤下」一句中「閤下」的一詞意思**相同**？（1 分）

   A. 獻尚書閤下。
   B. 東亭即於閤下更作。
   C. 同郡馬融伏於閤下。
   D. 今又布衣相呼，盡日閤下。

A	B	C	D
○	○	○	○

4. 為了刺殺董卓，伍孚在平日作了甚麼準備？在行刺當日，他又怎樣行刺董卓？試填寫下表。（4 分）

	行動
i. 平　　日	
ii. 行刺當日	

5. 除了直接行刺，從哪裏還可以反映伍孚對董卓「憤恨不平」？（2 分）

   i. ________________________________

   ii. ________________________________

03 閒人

字義流變：

刺探情報的人 →破讀→ **清閒／無關的人**

拍攝地：九龍城啟承道「啟德體育園」建築地盤

不少建築地盤或私人地方，都會在門口的當眼位置張貼「閒人免進」、「嚴禁閒人內進」等告示。到底告示上「閒人」所指的是甚麼人？

*　　　　*　　　　*

「閒」從「門」部，「月」在左右門扇之間，意指月光從門縫中射進來，正是「閒」這個字要表達的事物——門縫。

「閒」的本義是「門縫」，本讀〔諫；jiàn；ㄐㄧㄢˋ〕，即是「門的間隙」。初中中文科有一篇節錄自《史記．管晏列傳》、名叫〈御人之妻〉的課文，講述齊國宰相晏子的車夫與其妻子的一段小故事，其開首這樣寫：

其御之妻從門閒而闚其夫，其夫為相御……甚自得也。

有次，妻子從門縫窺探其丈夫（從門閒而闚其夫），看到丈夫正為晏子駕馬車（其夫為相御），卻面露得意洋洋之貌（甚自得也）。妻子認為丈夫只是一介車夫，卻是如此自滿，因而提出和離。

*　　　　*　　　　*

妻子在門後埋伏，正是為了「窺探」丈夫，大抵如此，「閒」就從「門縫」引申出新字義「刺探」，後來又衍生出「間諜」之義，即「刺探敵方情報的人」。據《漢書．傅常鄭甘陳段傳》記載，「樓蘭王安歸常為匈奴閒，候遮漢使者」：西域的樓蘭國國王安歸，曾多次擔當匈奴的間諜（常為匈奴閒），藉此偵察（候遮）漢朝使者。故此漢昭帝派遣傅介子出使西域，名為給予西域諸國賞賜財寶，實際上是藉機刺殺樓蘭王安歸。

「閒」是間諜，**「閒人」也是間諜**。《後漢書．光武帝紀下》提到：「公孫述遣閒人刺殺征南大將軍岑彭。」王莽新朝末年，公孫述割據四川一帶，自稱「蜀王」，後來更自稱「白帝」，與剛建立東漢的光武帝劉秀抗衡。光武帝於是派遣岑彭討伐公孫述，可惜岑彭在中途不幸被公孫述派遣的間諜（閒人）所殺。

然而「嚴禁閒人內進」中的「閒人」卻並非指間諜。

*　　　　*　　　　*

原來，「閒」還可以破讀作〔嫻；xián；ㄒㄧㄢˊ〕（破讀：同一個字因意義不同而讀成另一個音），解作「清閒無事」或「毫不相干」，後來衍生出新詞語——閒人。

「閒人」可以解作「清閒無事的人」。北朝時，顏之推在其著作《顏氏家訓．勉學》中，這樣勸勉家中晚輩：

田里閒人，音辭鄙陋，風操蚩拙，相與專固，無所堪能。

顏之推告誡晚輩說，人若不讀書，就會淪為鄉下裏「無所事事的人」（田里閒人），不但說話庸俗淺薄（音辭鄙陋），舉動愚昧笨拙（風操蚩拙），而且只會固執己見，卻又一無是處（相與專固，無所堪能）。顏之推想藉此勸勉家中晚輩，即使當了官，也不要荒廢學業，否則跟鄉下人沒有分別。

「閒人」也可以解作「毫不相干的人」。《紅樓夢．第二十九回》開首提到，鳳姐想邀請寶釵、寶玉、黛玉等人到清虛觀觀賞打醮法事。為此，鳳姐預先做好準備，並對眾人說：

我頭幾天先打發人去把那些道士都趕出去，把樓上打掃了，掛起簾子來，一個閒人不許放進廟去，纔是好呢！

鳳姐口中的「閒人」，就是那些與打醮法事無關的人。毫不相干的人不在了，主人家自然更能投入觀賞打醮。

*　　　　*　　　　*

拍攝地：大角咀港灣豪庭商場內

不論是文章開首的「嚴禁閒人內進」，還是左圖的「閒人免進」，當中的「閒人」都不是指「清閒無事的人」。「嚴禁閒人內進」一句被譯作「Unauthorized Entry Prohibited」，當中「Unauthorized」意指「未經許可」，既然「未經許可」，那麼地盤和商場裏的一切，自然與這些人無關，故此兩則告示中的**「閒人」正是指「毫不相干的人」**。

綜合上述內容，可見要辨別古文中「閒人」的確切意思，可以先閱讀前後文內容，然後推敲讀音，是〔諫；jiàn；ㄐㄧㄢˋ〕還是〔嫻；xián；ㄒㄧㄢˊ〕，那就可以辨別它是指「間諜」、「清閒無事的人」，還是「毫不相干的人」的了。

延伸篇章

蘇東坡夜訪張懷民

北宋·蘇軾〈記承天寺夜遊〉

摘要 有一種友情，叫做「懷民亦未寢」：蘇軾被貶黃州第四年，遇上剛被貶黃州的張懷民。同是天涯淪落人，二人惺惺相惜，因而結為好友。

元豐六年❶十月十二日，夜，解衣欲睡，月色入戶，欣然起行。念無與為樂者，遂至承天寺，尋張懷民❷。懷民亦未寢（讀〔cam2〕），相與步於中庭❸。

庭下如積水空明，水中藻（讀〔早〕）、荇（讀〔幸〕）❹交橫❺，蓋竹柏影也。

何夜無月？何處無竹柏？但少閑人❻如吾兩人者耳。

注釋

❶元豐六年：即公元 1083 年。元豐，北宋 宋神宗的第二個年號。
❷張懷民：在元豐六年被貶到黃州，寓居承天寺，為蘇軾之好友。
❸中庭：庭院。
❹荇：一種水草名稱。
❺交橫：縱橫交錯。
❻閑人：通「閒人」。

篇章理解

1. 請解釋下列**粗體文字**在文中的意思。(2分)

   i. **欣**然起行。　　**欣**：________

   ii. **蓋**竹柏影也。　　**蓋**：________

2. 下列哪一項**不是**蘇軾「步於中庭」的原因?(1分)

   ○ A. 他想記錄當晚的月色。
   ○ B. 他想欣賞當晚的月色。
   ○ C. 他當晚無聊沒有事做。
   ○ D. 他想跟張懷民在一起。

A	B	C	D
○	○	○	○

3. 文中的「水」和「藻荇」分別比喻甚麼?(2分)蘇軾作這樣的比喻,目的何在?(4分)

   i. 分別比喻:________和________

   ii. 目的:________

   ____

4. 文末的「閑人」是甚麼意思?(1分)為甚麼蘇軾要這樣說自己?試抒己見。(4分)

   i. 閑人:________

   ii. 原因:________

   ____

5. 寫出下列原文句子所用的修辭手法。(2分)

   i. 庭下如積水空明。　　________

   ii. 何夜無月?何處無竹柏?　　________

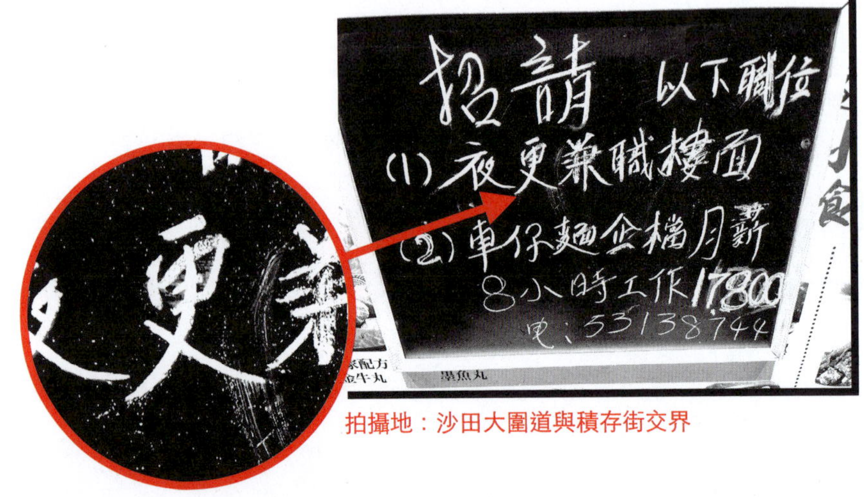

拍攝地：沙田大圍道與積存街交界

某晚與朋友逛街時，發現某家茶餐廳門外，張貼着一則招工啟事：招請夜更兼職樓面。「每天工作八小時，就有一萬八千元，」朋友打趣地說，「比起你當補習老師和寫書賺的錢還多呢！」我反駁說：「你看不到是『夜更』嗎？要從晚上七點做到凌晨三點，凌晨三點已經是四更，我一早睡得像死豬那樣了！」

「甚麼『耕』呀？這不是『更加』的『更』嗎？」看到朋友一臉狐疑，我只好犧牲一點吃飯的時間，給他解釋了……

* * *

「更」有三個讀法：一是常讀的〔緪 gang3；gèng；ㄍㄥˋ〕，常用詞語有「更加」、「更是」；二是〔羹；gēng；ㄍㄥ〕，常用詞語有「更替」、「更改」；三是**〔耕gaang1；gēng；ㄍㄥ〕，其字義跟古代計時方法有關。**

古人把一天分為十二個時辰，每個時辰相當於兩小時。一天從子時開始，即晚上十一點到第二天凌晨一點；接着是丑時，凌晨一點到三點；寅時，三點到五點；然後是卯時、辰時、巳時、午時、未時、申時、酉時、戌時，最後是晚上九點到十一點的亥時。

至於「更」這套計時系統，是用於晚上的，源於漢代皇宮的值班制度。北齊人顏之推在《顏氏家訓・書證》中這樣說：

漢、魏以來，謂為甲夜、乙夜、丙夜、丁夜、戊夜；又云鼓，一鼓、二鼓、三鼓、四鼓、五鼓；亦云一更、二更、三更、四更、五更，皆以五為節。

漢朝把晚上分為五個時段，即甲夜（戌時）、乙夜（亥時）、丙夜（子時）、丁夜（丑時）、戊夜（寅時），每個時段由士兵輪流守衞皇宮；由於士兵換班時，都需要敲鼓來報時，故此該五個時段又分別稱為一鼓、二鼓、三鼓、四鼓、五鼓；大抵由於**士兵須輪流值班，有「更替」之意，故此每個時段又稱為「更」，因而有着一更（或「初更」）、二更、三更、四更、五更之名了。**

「初更」從晚上七點到九點，「二更」從九點到十一點，如此類推，直到第二天的清晨五點。杜甫詩作〈月〉的開首，就有「四更山吐月」之句，當中的「四更」就是指凌晨一點到三點的時分；至於「三更半夜」這個成語，更是沿用到今天：「三更」即晚上十一點到第二天凌晨一點，正處於夜晚正中時段（半夜），故此「三更半夜」就是泛指深夜時分。

* * *

由於需要敲鼓來報時，**「更」因而引申出新字義——更鼓聲。**皇宮值班制度後來漸漸流傳到民間，負責巡夜的人需要敲鑼打鼓來報時，稱為「打更」（敲鼓報時）或「巡更」（巡邏敲鼓）；還有「更樓」，就是指讓打更人守衞值班、敲鼓報更的建築。譬如香港粉嶺龍躍頭覲龍圍的圍牆，四角建有更樓；又例如臺灣的臺中公園保存了一座清朝「更樓」（見下左圖），門楣清楚展示了「更樓」二字，大門左、右兩邊各鑲嵌一副寫上「欲登高處窺四野，且聽譙樓報幾更」的對聯，當中「譙」讀〔潮；qiáo；ㄑㄧㄠˊ〕，意指瞭望樓，正好說明了更樓的功能。

位於臺中公園內的更樓

拍攝地：大角咀港灣豪庭商場

時至今日，香港人還會用上「更」這個字：老一輩人會把大廈保安員稱為「看更」，就是說他們肩負起「看守大樓」、「巡更警報」的責任；「更亭」是指讓看更值班守衛的亭子；後來**「更」再引申為「工作時段」**，「早更」就是指「早上工作時段」，相當於「早班」；「夜更」就是指「夜間工作時段」，相當於「夜班」；至於上面右圖的「半更」，就是指「半段工作時段」。這些都是香港繼承了古代用法的獨有詞彙，十分值得保留並繼續使用，故此不少人說「看更」是對「保安員」的貶稱，都是錯誤的看法。

延伸篇章

周公瑾初戰曹孟德

明·羅貫中《三國演義·第四十五回》（節選）

摘要 曹操以漢朝丞相之名，向周瑜發出招降書。周瑜自然憤怒不已：先是毀書斬使，然後集結兵馬，打算一舉殲滅曹操。

瑜大怒，喝斬來使（讀〔肆〕），將首級付從人持回。隨令甘寧為先鋒，韓當為左翼，蔣欽（讀〔音〕）為右翼，瑜自部領❶諸將（讀〔醬〕）接應❷。來日四更造飯，五更開船，鳴鼓吶喊而進。

曹操知周瑜毀書斬使，大怒，便喚蔡瑁、張允等一班荊州降（讀〔杭〕）將為前部。操自為後軍，催督戰船，到三江口❸。早見東吳船隻，蔽江而來。為首一員大將，坐在船頭上大呼曰：「吾乃甘寧也！誰敢來與我決戰？」蔡瑁令弟蔡壎（讀〔圈〕）前進。兩船將近，甘寧拈（讀〔黏〕）弓搭箭，望蔡壎射來，應弦（讀〔然〕）而倒。寧遂驅船大進，萬弩（讀〔努〕）齊發，曹軍不能抵當（讀〔擋〕）。

曹軍大半是青、徐❹之兵，素不習水戰，大江面上，戰船一擺，早立腳不住。甘寧等三路戰船，縱橫水面。曹軍中箭着砲者，不計其數。從巳（讀〔字〕）時直殺到未時，周瑜雖得利，只恐寡不敵眾，遂下令鳴金❺收住船隻。

注釋

❶部領：統轄率領。　❷接應：支援。
❸三江口：據說位處今天湖北省黃州赤壁附近。
❹青、徐：青州、徐州的簡稱，都位於今天的山東省。
❺鳴金：敲擊鑼、鉦、鐃等金屬樂器，古代多用來指示士兵進退的訊號。

篇章理解

1. 請解釋下列**粗體文字**在文中的意思。（2 分）

   i. 將首級**付**從人持回。　　**付**：________

   ii. 早見東吳船隻，**蔽**江而來。　　**蔽**：________

2. 將下列句子語譯成通順的語體文。（3 分）

   寧遂驅船大進，萬弩齊發，曹軍不能抵當。

   ____

3. 下列哪一項**不是**周瑜收到曹操降書後的行動？（1 分）

   ○ A. 撕毀曹操書信。　　○ B. 斬殺曹操使者。

   ○ C. 回信痛罵曹操。　　○ D. 出兵攻打曹操。

4. 根據文章內容，回答以下問題：

   i. 寫出下列各事件的時間，填寫表格。（4 分）

事件	吳軍開船	周瑜撤退	戰事開始	吳軍做飯
時間	A.　　時	B.　　時	C.　　時	D.　　時

   ii. 承上題，排列戰事的時間線，把字母填在橫線上。（2 分）

   ______ → ______ → ______ → ______

5. 為甚麼曹軍士兵在戰船上會站立不穩？（2 分）

   ____

6. 周瑜在獲得勝利後，仍然下令收兵。他有甚麼顧慮？（2 分）

   ____

05 月台

字義流變：
賞月平臺→候車平臺

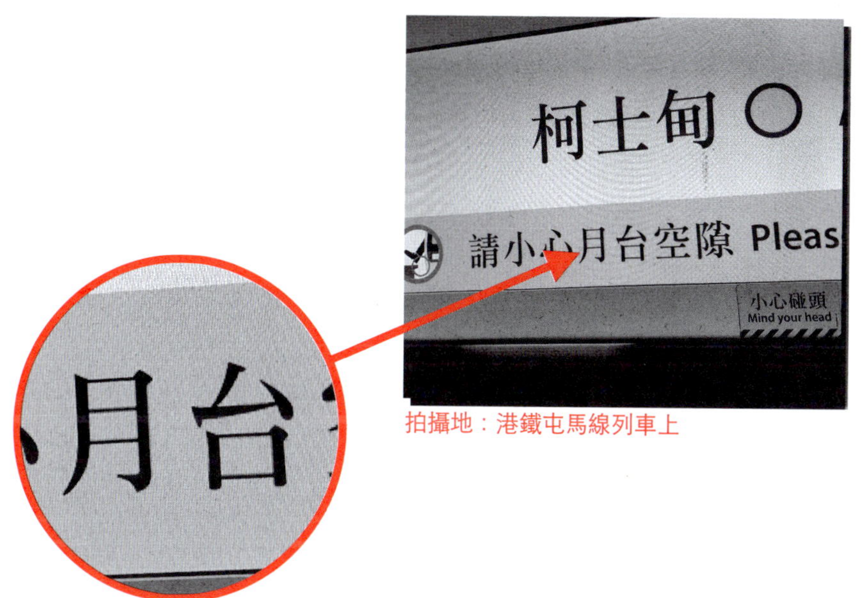

拍攝地：港鐵屯馬線列車上

興建鐵路，路軌、車站和月台都是必不可缺的基建設施。這些在清末從西方傳入的產物，固然讓國人大開眼界，可是也讓他們廢煞思量——到底用甚麼字詞來描述如此新奇的事物才好？

*　　　　*　　　　*

先說「軌」。軌，本指車子兩輪之間的距離。在古代，車輪間的距離是有規定的，否則不能在路上行走。戰國時代各國「軌」的寬度不一，故此秦始皇統一六國後，就有「車同軌」（見《史記·秦始皇本紀》）的舉措。「軌」也是指天體運行的固定軌道。火車行駛的路軌，既需要指定寬度，也需要固定方向，都符合「軌」的字義，「軌」自然就成為「Rail」的譯名。

再說「站」。「站」源於「驛」，「驛」又稱為「驛傳」，是讓長途傳遞公文的人員換馬或暫歇的地方。蒙古人入主中原後，就把漢語的「驛」譯作蒙古語「站赤」。《元史·兵志四》說：

元制，站赤者，驛傳之譯名也。

後來，人們把「驛傳」與「站赤」合稱作「驛站」。火車站的功能與「驛站」相近，「站」自然成為「Station」的譯名。

*　*　*

至於月台，是車站裏供乘客候車、上車、下車的地方。當中的「台」本來寫作「臺」，是指高大而平坦、呈四方形的建築物，《說文解字·至部》這樣解釋：

臺，觀四方而高者。

地面高起了，自然可以觀察四方，而且望得更高更遠。白天可以望藍天白雲，晚上可以看月兒高照，「月臺」一詞亦因而出現了。

月臺，是「供賞月的平臺」。古代房屋一般建於臺基上，如果把臺基擴闊開去，那麼人們就可以在這寬闊的平臺上，欣賞到美好的月色。這個突出於房屋門前的平臺，就叫做「月臺」了。「月臺」一詞最早見於南朝梁元帝蕭繹所撰寫的〈南嶽衡山九貞館碑〉：

古代屋外的「月臺」

上月臺而遺愛，登景山而忘老。

梁元帝藉着登高（上月臺、登景山）望遠，抒發對親友的留戀（遺愛），以及對自然美景的陶醉，從而忘卻年老的憂慮。原文中的「月臺」就是賞月用的平臺。

上圖是「唐胥鐵路」的終點站——胥各莊站（位於今河北省唐山市）。圖中高大的車站、方正的月台、筆直的路軌，全都清晰可見。
（圖片來源：C.W. Kinder 於 1882 年拍攝）

直到清朝末年，西方鐵路傳入中國：Rail 被譯作「車軌」、Station 被譯作「車站」，至於**讓乘客候車的 Platform，高於地面、外形方正、表面平坦，外形與傳統建築「月臺」相若，於是人們就將「月臺」作為其譯名了。**

到民國時期，「月台」之名還是照用不誤。譬如朱自清在名篇〈背影〉中，就曾多次提到「月台」：

我看那邊月台的柵欄外有幾個賣東西的等着顧客。走到那邊月台，須穿過鐵道，須跳下去又爬上去。……可是他穿過鐵道，要爬上那邊月台，就不容易了。

直到一個世紀後，情況出現了一點變化：**在內地，「月台」已經易名做「站台」；相反，香港、澳門、臺灣三地的鐵路車站，則沿用「月台」一詞。** 前者清楚說明這個平臺的用途，後者則保留典雅的詩意，各有千秋。

港、澳、臺地區沿用「月台」至今，內地則改用「站台」一詞。
（拍攝地（左起）：港鐵馬鞍山站、新北市臺鐵板橋站、廣州地鐵廣州南站）

延伸篇章

璩秀秀崔寧夜私奔

明·馮夢龍《警世通言·崔待詔生死冤家》（節選）

摘要 郡王早已把婢女璩秀秀許配給玉器工匠崔寧，然而二人卻趁府中某夜失火，夾帶府中首飾，連夜私奔……

崔寧和秀秀出府門，沿着河，走到石灰橋。秀秀道：「我腳疼了，走不得。」崔寧指着前面道：「更行幾步，那裏便是崔寧住處，小娘子到家中歇腳，卻也不妨。」

到得家中坐定，秀秀道：「我肚裏飢，崔大夫❶與我買些點心來喫！我受了些驚，得杯酒吃更好。」當時崔寧買將❷酒來，三盃（讀〔杯〕）兩盞。

秀秀道：「你記得當時在月臺上賞月，郡王把我許你，你兀（讀〔訖〕）自❸拜謝。你記得也不記得？」崔寧叉着手❹，只應得「喏（讀〔諾〕）❺」。秀秀道：「當日眾人都替你喝采，『好對夫妻』！你怎地到忘了？」崔寧又則應得「喏」。

秀秀道：「何不今夜我和你先做夫妻？」崔寧道：「豈敢？」秀秀道：「你知道不敢，我叫將起來。你卻如何將我到家中？我明日府裏去說。」

注釋

❶大夫：對工匠的敬稱，文中的崔寧是玉器工匠，故此秀秀這樣稱呼他。
❷將：用於動詞後，沒有實際意思。
❸兀自：直接。
❹叉着手：雙手交叉放在胸前。
❺喏：應諾的聲音，相當於「嗯」。

篇章理解

1. 請解釋下列**粗體文字**在文中的意思。（2 分）

   i. 崔大夫與我買些點心來**喫**！ **喫**：________

   ii. 崔寧又則**應**得「喏」。 **應**：________

2. 為甚麼崔寧要帶璩秀秀返回家中？（1 分）

   ○ A. 希望和她結為夫婦。 ○ B. 與她一起觀賞月色。

   ○ C. 讓她在家中稍作休息。 ○ D. 請她品嘗家中的美酒。

3. 請以本文為例，證明「月臺」是「賞月用的平臺」。（1 分）

   ____

4. 根據文章內容，郡王早已把璩秀秀許配給崔寧，崔寧在當時和事後的態度有甚麼轉變？當中的原因是甚麼？（3 分）

   ____

   ____

5. 崔寧和璩秀秀名為私奔，實際上二人的關係並不對等，何以見得？請略作說明。（4 分）

   i. 崔寧：________________________________

   ____

   ii. 秀秀：________________________________

   ____

6. 綜合本文，請用一個四字成語，描述璩秀秀對這頭婚事的態度。（1 分）

06 穿梭

字義流變：

梭：織布工具→穿梭：來去頻繁

拍攝地：港鐵東鐵線大埔墟站A2出口外

某次，要到住在大埔的朋友家中作客，於是在大埔墟下車後，就轉乘屋苑「穿梭巴士」前往朋友家。穿梭巴士，是指往來於兩個指定地點（譬如屋苑、購物商場、酒店、機場、鐵路車站等）的巴士。那麼，「穿梭」到底有着甚麼意思？

* * *

一切要從「梭」說起了。「梭」是多音字，當讀〔梳；suō；ㄙㄨㄛ〕時，就解作「梭子」。

臺中市有一間「纖維工藝博物館」，展示了不少各種昔日織布工具，譬如織布機、梭子等。**梭子是一種織布工具：兩頭尖，中間粗，中空部分是用來纏繞絲線的，以便編織布匹。**古人就是利用織布機和梭子來織布的了。那麼布匹是怎樣織出來的？

布匹是由無數條縱向與橫向的絲線、以互相交疊的方式編織出來的，當中縱向的絲線稱為「經紗」，橫向的絲線稱為「緯紗」。這些經紗和緯紗是怎樣交織出來的呢？

左圖：織布機；右圖：掛在織布機上的「梭子」
（拍攝地：臺中市大里區「纖維工藝博物館」）

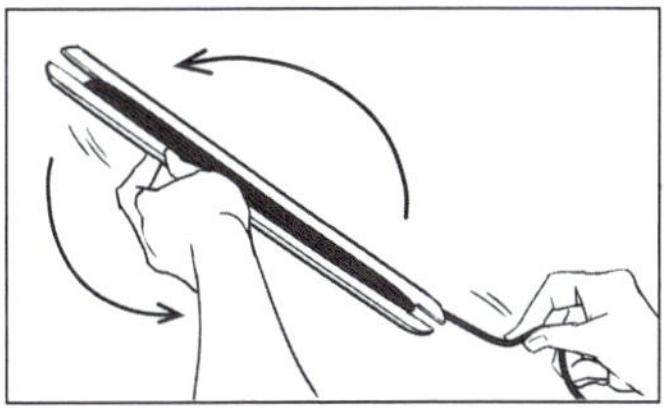

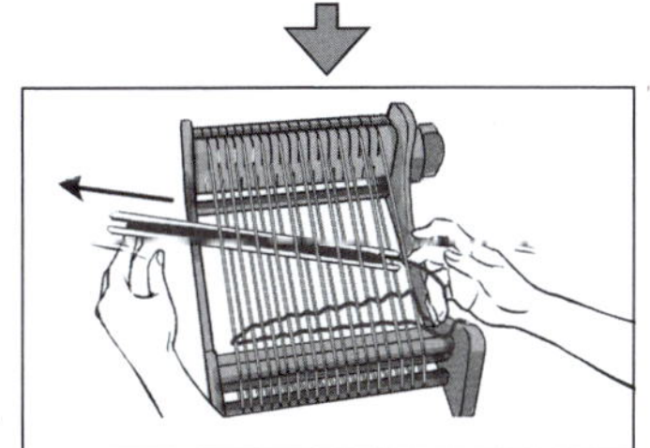

將絲線纏繞在梭子上

把梭子從右邊穿過垂直的經紗，一直到左邊，織出水平的緯紗

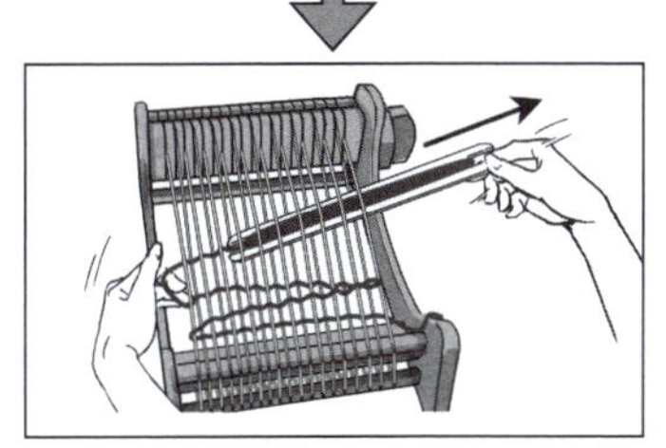

把梭子從左邊穿過經紗，返回右邊，織出另一條緯紗

如左圖所示，織布前，人們先把絲線垂直纏繞在織布機的卡槽裏，並固定起來，使之成為若干條垂直的「經紗」；下一步，就是預備「緯紗」：把需要的絲線纏繞在梭子的中空部分（見左上圖）；然後用梭子，把絲線從織布機右邊牽引到左邊（見左中圖），同時要跟「緯紗」一上一下的交疊着；接着用梭子把絲線從左邊牽引回右邊（見左下圖）。「緯紗」經過若干次的左右來回，與「經紗」作無數次上下交疊，一塊布匹就開始成形了。

由於梭子需要在織布機左右兩邊頻繁往來，才能織出布匹，因此，**「梭」就從織布工具引申出新字義——穿梭，意指事物來去頻繁**。我們今天常常說的諺語「光陰似箭，日月如梭」，是來自《京本通俗小說》裏的第一篇〈玉碾觀音〉，原文作「時光似箭，日月如梭」，前句指時間像箭一樣飛快流逝，後句則指太陽和月亮像梭子一樣運轉，來去頻繁，同樣是指時間飛快流逝。

* * *

「梭」後來衍生出「穿梭」一詞，同樣表示事物往來頻繁。清末李寶嘉的小說《文明小史．第四十九回》裏有這段話：

店小二看見洋務局總辦大人送了酒席來，又兼差官吩咐過好好服侍（勞航芥），要是得罪了一點是要捉到衙門裏去打板子的，因此（店小二）穿梭價伺候，不敢怠慢。

引文末的「穿梭價伺候」就是說店小二往來頻繁（穿梭），專門服侍（伺候）勞航芥這位大人物。

搭載在火箭上的穿梭機
（圖片來源：Pixabay@WikiImages）

到了現代，人們用「穿梭」來描述往來不同地點的事物，譬如文首的穿梭巴士，就是接載住戶來往車站與屋苑的巴士。

還有「穿梭機」。穿梭機是太空飛機的一種，用來把人或貨物送往太空或地球，由於經常往返地球和太空，因此人們就用「梭」來稱呼這種交通工具：香港人稱之為「穿梭機」，臺灣人則稱之為「太空梭」。

延伸篇章

嚴監生豎指作遺言

清·吳敬梓《儒林外史》第五、六回（節選）

摘要 嚴監生死前不能說話，只用兩隻手指表達想法，一眾姪子不得要領，唯獨妻子讀懂其意，原來……

嚴監生❶的病，一日重〔讀〔仲〕〕似❷一日，再不回頭。五個姪子穿梭的過來陪郎中❸弄藥。到中秋已後，病重得一連三天不能說話。晚間擠了一屋的人，桌上點着一盞燈。嚴監生喉嚨裏痰響得一進一出，一聲不倒❹一聲的，總不得斷氣，還把手從被單裏拿出來，伸着兩個指頭。

大姪子上前來問道：「二叔，你莫不是還有兩個親人不曾見面？」他就把頭搖了兩三搖。二姪子走上前來問道：「二叔，莫不是還有兩筆銀子在那裏，不曾吩咐明白？」他把兩眼睜的溜圓，把頭又狠狠搖了幾搖，越發指得緊了。

趙氏慌忙揩〔讀〔嗨 haai1〕〕揩眼淚，走近上前道：「只有我曉得你的意思！你是為那燈盞裏點的是兩莖〔讀〔敬〕〕燈草❺，不放心，恐費了油。我如今挑掉一莖就是了。」說罷，忙走去挑掉一莖。眾人看嚴監生時，點一點頭，把手垂下，登時就沒了氣。

注釋

❶監生：明、清兩朝在全國最高學府「國子監」讀書的人。
❷似：表示比較，相當於「更」。
❸郎中：古代醫生的俗稱。
❹不倒：不斷。
❺燈草：燈心草的莖，可用來做油燈的燈心。

篇章理解

1. 請解釋下列**粗體文字**在文中的意思。（2 分）

i. 嚴監生的病……再不**回頭**。　　**回頭**：________

ii. 只有我**曉**得你的意思！　　**曉**：________

2. 將下列句子語譯成通順的語體文。（3 分）

五個姪子穿梭的過來陪郎中弄藥。

____

3. 下列哪一項**不是**嚴監生的病癥？（1 分）

A. 無力說話。
B. 咳嗽連連。
C. 喉嚨積痰。
D. 不能下牀。

A ○　B ○　C ○　D ○

4. 嚴監生的大姪子、二姪子和妻子趙氏，怎樣理解他豎起兩隻手指的意思？試填寫下表。（3 分）

	人物	理解內容
i.	大姪子	
ii.	二姪子	
iii.	妻子趙氏	

5. 嚴監生為人吝嗇嗎？試結合文章內容，抒發己見。（3 分）

____

____

矢

字義流變：

箭 → 糞便

拍攝地：港鐵大圍站上蓋商場地盤外

2021年的農曆新年，跟家人乘火車到大圍站，然後徒步到車公廟祈福。當時大圍站上蓋的住宅和商場還未竣工，地盤出入口就在車站的公共交通交匯處，附近擺放了很多「石矢躉」，用來分隔行人和車輛。

上圖下方的英文「concrete block」是指「混凝土方塊」，可是相關告示卻寫作「石矢躉」。換言之，「石矢」就是混凝土，可是兩者有着甚麼關係呢？

* * *

混凝土有着不同的別稱，譬如：三合土、紅毛泥，還有香港人經常提到的「石屎」，大抵因為混凝土的原料為「石」、質地如「屎」（糞便）吧，因此有着這有趣的叫法。不過有趣歸有趣，用「屎」來命名始終難登大雅之堂，因此有人用「矢」作為「屎」的委婉語，把「石屎」寫作「石矢」。這種做法叫做「避諱」。

「矢」本指「箭」，而用作「屎」的委婉語，早在先秦時代就已經出現。據《左傳．文公十八年》記載，魯國權臣襄仲殺死太子後，另立新君魯宣公，並假借國君之名，宣召已故太子的師傅叔仲入宮。叔仲入宮前，他的管家公冉務人一度勸阻他：

其宰公冉務人止之，曰：「入必死。」叔仲曰：「死君命可也。」公冉務人曰：「若君命可死，非君命何聽？」弗聽，乃入，殺而埋之馬矢之中。

叔仲的管家說：「一旦進宮，就必死無疑。」叔仲卻說：「為君王的命令而死，是值得的。」管家苦勸說：「如果真的是君王命令，那當然值得；可是現在不是君王的命令，那為甚麼還要聽呢？」無奈叔仲為人愚忠，不聽勸告，結果自然一去不返，可悲的是，叔仲不但被殺，更被埋葬在馬糞堆裏（殺而埋之馬矢之中）。

一千年後的《新唐書．關播列傳》，也記載了一段同樣有關糞便的故事：

（李）元平始至，募工築郛浚隍，（李）希烈陰使亡命應募，凡內數百人，元平不寤。賊遣將李克誠以精騎薄城，募者內應，縛元平馳見希烈，遺矢於地。

唐德宗時，淮西節度使李希烈反叛，叛軍一路殺向汝州，朝廷於是派遣具有將領才能的李元平前往汝州，籌措抗敵事宜。

李元平剛進城不久，就募集幾百位工匠，趕快修築外城牆（築郛（讀〔膚；fú；ㄈㄨˊ〕）、疏通護城河（浚隍），卻不知道這些工匠原來是李希烈暗地派來的內應。結果城中的工匠與城外李希烈派遣的李克誠（賊遣將李克誠）裏應外合，李元平最終被俘虜，並被五花大綁的帶到李希烈面前。具有將才的李元平一見到李希烈，就嚇得心驚膽戰，更當眾失禁拉屎，真叫人啼笑皆非，文末的

「**遺矢**」就是拉屎的意思了。

那麼，為甚麼古人一定要用「矢」代「屎」呢？原來這兩個字的古代讀音是一樣的：聲母皆為「書」，韻母皆為「脂」，反切則同樣為「式視切」，以「矢」代「屎」自然順理成章；至於現代讀音，「屎」讀〔史；shǐ；ㄕˇ〕，「矢」讀〔此；shǐ；ㄕˇ〕，以普通話讀出是沒有分別的，至於其粵音則有不同，不過如果解作「糞便」，「矢」就要讀作〔史〕，與「屎」無異了。

* * *

拍攝地：中環德輔道中

時至今日，除了地盤告示，就連生產混凝土的公司也以「石矢」為委婉語，如左圖所示，成為公司名稱。作為「屎」的委婉語，「矢」能夠流傳到二十一世紀的香港並繼續使用，的確讓人驚歎——誰還敢說香港是南蠻之地呢？

延伸篇章

廉將軍一飯三遺矢

西漢·司馬遷《史記·廉頗藺相如列傳》（節選）

摘要 廉頗晚年淒涼，先是因罪而逃亡到魏國，卻得不到魏王信任，後雖有被趙王重新起用的機會，卻又因小人從中作梗而告吹。

趙孝成王卒，子悼襄（讀〔雙〕）王立，使樂乘❶代廉頗。廉頗怒，攻樂乘，樂乘走。廉頗遂奔魏之大梁❷。其明年，趙乃以李牧為將而攻燕，拔❸武遂、方城。

廉頗居梁久之，魏不能信用。趙以數（讀〔索〕）困於秦兵，趙王思復得廉頗，廉頗亦思復用於趙。趙王使（讀〔史〕）使者視廉頗尚可用否。

廉頗之仇郭開多與使（讀〔試〕）者金，令毀之。趙使者既見廉頗，廉頗為之一飯斗米，肉十斤，被（讀〔披〕）甲上馬，以示尚可用。趙使還報王曰：「廉將軍雖老，尚善❹飯，然與臣坐，頃之三遺矢矣。」趙王以為老，遂不召（讀〔趙〕）。

注釋

❶樂乘：本為燕國將領，後來棄燕投趙，更被趙王封為武襄君。
❷大梁：魏國國都，位於今河南省的開封市。
❸拔：攻取、佔領。
❹善：好好地。

篇章理解

1. 請解釋下列**粗體文字**在文中的意思。（2 分）

   i. 廉頗之仇郭開多與使者金，令**毀**之。　　**毀**：________

   ii. 趙使**還**報王曰。　　**還**：________

2. 為甚麼廉頗要逃亡到魏國？（1 分）

   A. 被仇敵郭開陷害。
   B. 得不到趙王的重用。
   C. 被樂乘取代了地位。
   D. 攻打樂乘後畏罪潛逃。

   A ○　B ○　C ○　D ○

3. 促成趙悼襄王使者與廉頗見面的契機是甚麼？（4 分）

   i. 趙王：________

   ____

   ii. 廉頗：________

   ____

4. 為了展示自己還可以被起用，廉頗做了甚麼事情？（2 分）

   ____

   ____

5. 廉頗怎樣被使者誣捏？這跟廉頗最終不被趙王起用有着甚麼關係？試抒己見。（3 分）

   ____

   ____

08 玉步

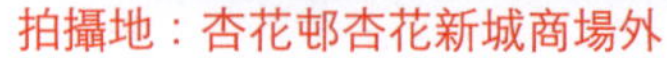
拍攝地：杏花邨杏花新城商場外

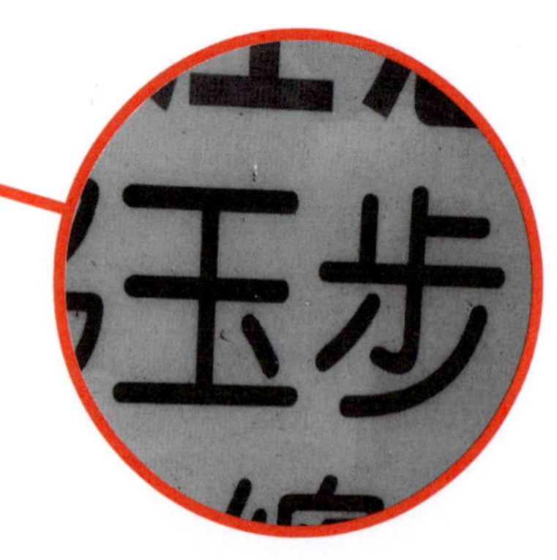

「請移玉步」是常見於香港的雅語，意指請對方行走。猶如上圖所示：商場旁有前往小西灣的小巴站，為恐乘客迷路，小巴公司於是在商場門口設立這面指示牌，提醒乘客步行前往。那麼，前人為甚麼一定要用「玉」來描述「步」呢？

*　　　　*　　　　*

「玉」是美觀而溫潤的礦物，故此古人用「玉」來美稱與對方有關的事物，譬如「玉貌」、「玉體」，當然包括「玉步」。

「玉步」應當源於「玉趾」，當中的「趾」解作「腳步」。根據《左傳．僖公二十六年》記載，齊國攻打魯國，魯僖公（「僖」讀〔希；xī；ㄒㄧ〕）於是派大臣展喜來化解這場危機。展喜邀請齊孝公前來魯國會談，到了會談之日，更親自前往齊國迎接齊孝公。展喜見到齊孝公時，就對他說：

寡君聞君親舉玉趾，將辱於敝邑。

展喜的意思是：我們的國君聽聞您（寡君聞君）親自舉足出行（親舉玉趾），屈就前來我們小國（將辱於敝邑）。

句中的「舉玉趾」源於「舉趾」一詞，「舉趾」解作「舉足出行」，「舉玉趾」同是此意，只是另加「玉」字，**用「玉趾」來尊稱對方的腳步。**

至於**「玉步」，則是脫胎自「玉趾」，同樣用來美稱對方的腳步。**《宋書．孝武十四王傳》中有這兩句：

思玉步於鳳墀，想金聲於鸞闕。

宋孝武帝的第八子叫劉子鸞（讀〔聯；luán；ㄌㄨㄢˊ〕），其母為殷氏。殷氏死後，孝武帝極度懷念她，於是仿效漢武帝，撰寫了〈擬漢武帝李夫人賦〉，藉此訴說懷念之情，特別是她昔日在宮中（鳳墀、鸞闕）優雅的步伐（玉步）與動人的歌聲（金聲）。

*　　　*　　　*

如前所述，「請移玉步」意指請對方行走，這句話其實可以縮略為「移玉」。蒲松齡《聊齋誌異》有〈絳妃〉這則故事，故事提到主角「刺史公」夢見兩位女子請他動身，前往與絳妃見面。該兩位女子說：「有所奉託，敢屈移玉。」這兩句是說，兩位女子奉了絳妃的命，膽敢請刺史公屈就，動身行走（敢屈移玉）。

其實，香港有巴士公司曾經用過「移玉」一詞。舊版本的九巴《乘客須知》的第（一．三）項列明：

上車後，請盡量移玉至車廂內部位置。

筆者在翻查相關資料時，從《東方日報》網站瀏覽到一則 2014 年 2 月 4 日的新聞：有讀者投訴九巴「引經據典」，導致乘客對「移玉」一詞不明所以；九巴收到投訴後，儘管已經把「移玉」改為「移步」，該讀者卻依然質疑九巴有錯不認。

在現代化的購物商場裏看到典雅的「請移玉步」告示，古今相遇，真是相映成趣。（拍攝地：北角北角匯三期商場門外）

不論是「玉步」、「玉趾」，還是「移玉」、「請移玉步」，都是我們文化的一部分。如果不明所以，就應該虛心讀書，多看典故，而不是總是指手畫腳的投訴一番。有時候，一個地方文化的沒落，不是單純因為「時移世易」等托詞，而是因為部分人的「自我閹割」，結果導致自己的文化「日削月割，以趨於亡」呀！

延伸篇章

范蠡諫勾踐誅吳王

西漢·司馬遷《史記·越王勾踐世家》（節選）

摘要 春秋時代末期，相爭多年的吳、越兩國，最終分出勝負：越王勾踐大敗吳王夫差，卻不忍心誅殺他……

越大破吳，因而留圍之三年，吳師敗，越遂復棲❶吳王於姑蘇之山❷。吳王使（讀〔史〕）公孫雄肉袒（讀〔坦〕）膝行而前，請成❸越王曰：「孤臣❹夫差（讀〔符猜〕）敢布腹心，異日嘗得罪於會稽（讀〔繪溪〕）❺，夫差不敢逆命，得與君王成以歸。今君王舉玉趾而誅孤臣，孤臣惟命是聽，意者❻亦欲如會稽之赦孤臣之罪乎？」

句踐（讀〔勾淺〕）不忍，欲許之。范蠡（讀〔禮〕）曰：「會稽之事，天以越賜吳，吳不取。今天以吳賜越，越其可逆天乎？且夫君王蚤（讀〔早〕）❼朝晏罷，非為吳邪（讀〔爺〕）？謀之二十二年，一旦而棄之，可乎？且夫天與弗（讀〔忽〕）取，反受其咎（讀〔究〕）。」

句踐曰：「吾欲聽子言，吾不忍其使（讀〔肆〕）者。」范蠡乃鼓進兵曰：「王已屬（讀〔祝〕）政於執事，使者去，不者且得罪。」吳使者泣而去。句踐憐之，乃使人謂吳王曰：「吾置王甬（讀〔勇〕）東❽，君百家。」吳王謝曰：「吾老矣，不能事君王！」遂自殺。

注釋

❶棲：圍困。
❷姑蘇之山：姑蘇山，位於吳國國都姑蘇城西南。
❸成：議和。
❹孤臣：被遺棄的臣子，這裏指被勾踐打敗的夫差。
❺會稽：越國國都。
❻意者：大概、也許。
❼蚤：通「早」。
❽甬東：東海中的一小島，即今天的舟山島。

篇章理解

1. 請解釋下列**粗體文字**在文中的意思。(2 分)

i. 句踐不忍,欲**許**之。 **許**:________

ii. 王已**屬**政於執事。 **屬**:________

2. 將下列句子語譯成通順的語體文。(3 分)

今君王舉玉趾而誅孤臣。

____

3. 為甚麼吳王夫差認為越王勾踐會赦免自己?(1 分)

A. 因為夫差不會再威脅勾踐。
B. 因為夫差昔日也放過勾踐。
C. 因為夫差看中勾踐於心不忍。
D. 因為夫差知道勾踐打不過自己。

A	B	C	D
○	○	○	○

4. 范蠡以甚麼理由勸諫越王勾踐不要放過吳王夫差?(6 分)

i. ____

ii. ____

iii. ____

5. 通過越王勾踐打算安置吳王夫差一事,可以看出他是一個怎樣的人?(2 分)

①仁慈寬厚 ②運籌帷幄 ③顧全大局 ④獨斷獨行

A. ①②
B. ①③
C. ①②③
D. ②③④

A	B	C	D
○	○	○	○

鍰

字義流變：

重量單位→黃鐵→金錢

拍攝地：桃園市桃園國際機場入境大廳

終於抵達臺灣了！正當排隊等候檢疫時，發現旁邊豎立了一張通告：旅客帶同肉粽入境，即屬違法，需要繳交二十萬元新臺幣。

有人說圖中的「罰鍰」即罰金，其實兩者是有分別的：在臺灣，「罰鍰」主要針對民事案件，「罰金」則針對刑事案件。在古代，「罰鍰」又稱為「贖刑」，是指用財物來抵消刑罰（即「贖罪」）；至於「罰金」，又稱為「貲刑」，是以充公財物形式來懲罰罪犯。在這裏，我們只集中談論「罰鍰」。

*　　*　　*

「鍰」讀〔環；huán；ㄏㄨㄢˊ〕，起初用作重量單位。到底一「鍰」有多重？《孔叢子．小爾雅》就這樣解釋：

兩有半，曰捷。倍捷，曰舉。倍舉，曰鏘。鏘，謂之鍰。

一兩半（兩有半）為一「捷」，兩捷（倍捷）為一「舉」，兩舉為一「鏘」，「鏘」即一「鍰」。換言之，**一「鍰」就是六兩。**那麼「鍰」這重量單位是用來稱量甚麼事物的？

* * *

《尚書·周書》裏有其中一篇叫做〈呂刑〉的文章。「呂刑」不是刑罰名稱，而是周穆王命令呂侯所制定的刑罰指引，當中探討到以財物贖罪的原則。原文說：

墨辟疑赦，其罰百鍰，閱實其罪。

「辟」在這裏讀〔碧；bì；ㄅㄧˋ〕，解作「刑罰」。「墨辟」即「墨刑」，是在犯人臉龐或額頭上刺上文字，然後染上黑色，作為受刑的永久記認。上述三句引文是說，官府如果對犯人的罪名有疑慮，就可以減輕其罪責（墨辟疑赦），並改判罰款「百鍰」（其罰百鍰），並審查核實其罪名（閱實其罪），避免冤案。

孔子十二世孫、西漢人孔安國就上述三句下註釋說：「鍰，黃鐵也。」**鍰，又稱為「黃鐵」，即是銅**；連同前文提到的「一鍰即六兩」，「百鍰」就是六百兩銅。用六百兩銅來贖罪，面額雖然不小，可是比起在臉額上刺字，還是比較划算的。

* * *

後來「鍰」泛指金錢，並衍生出詞語「罰鍰」，意指「贖罪用的金錢」。唐人柳宗元詩作〈酬韶州裴曹長使君〉有這一句：

爰書降罰鍰。

「爰書」（「爰」讀〔緩；yuán；ㄩㄢˊ〕）是指審問犯人的判詞，類似今天的判決書。整個句子是說：根據判決書，犯人得到官府從輕發落（降），只需要繳交「罰鍰」來贖罪。

又例如明代顧炎武的〈錢法論〉就提到這一案例：

> 隆慮公主以錢千萬為子贖死，是罰鍰之入以錢。

隆慮公主是漢武帝的妹妹，其子昭平君驕橫跋扈。隆慮公主擔心兒子早晚生出事端，於是在臨死前哀求漢武帝，以一千萬錢作為預繳「罰鍰」，待兒子日後要行死刑時贖罪之用（為子贖死）。

*　　　*　　　*

在不同朝代，「罰鍰」有着不同的別稱，譬如：贖銅（見宋人李燾《續資治通鑑長編·卷第三百九十四》：「黃庭堅、周邠……受蘇軾謗訕詩不繳，罰銅二十斤。」）、罰銅（見宋人司馬光《留韓呂劄子》：「其人身為臺官，坐言事罰銅。」）、贖鍰（見明人沈德符《萬曆野獲編·列朝二》：「近以國用匱乏，議加田賦，加關稅，以至搜索贖鍰。」），至於民國時期編寫的《清史稿》則以「罰鍰」為主（見〈邦交志八〉：「由地方官訊斷，罰鍰監禁。」），並沿用至二十一世紀的臺灣。

拍攝地：新北市平溪區平溪車站附近

延伸篇章

王公直埋蠶惹大禍

據《太平廣記．報應三十二殺生．王公直》略作改寫

摘要 洛陽出現大規模饑荒，為了張羅購買糧食的金錢，王公直打算賣掉價格高企的桑葉；可是要賣掉桑葉，就要先埋葬蠶蟲……

洛陽大飢❶，穀價騰貴，而桑多為蟲食，葉一斤直一鍰。新安縣村民王公直者，有桑數十株，特茂盛蔭翳。公直與妻謀曰：「歉儉❷若此，家無見（讀〔現〕）糧❸。以我計者，莫若棄蠶，乘貴貨葉，可獲錢十萬，蓄一月之糧，豈不勝（讀〔性〕）為餒（讀〔女〕）死乎？」妻曰：「善。」

乃攜鍤（讀〔插〕）坎地，棄蠶而埋之。明日凌晨，荷（讀〔賀〕）桑詣（讀〔藝〕）都市鬻（讀〔肉〕）之，得三千文，市肉以歸。至徽安門，門吏見囊中殷（讀〔煙〕）❹血，連灑於地，遂搜索之。既發囊，唯有人左臂，若新支解焉。羣吏乃反接❺送於河南府。

府尹❻後知公直埋蠶，遂曰：「王公直有坑蠶之咎（讀〔救〕），法或可恕，情在難容。蠶者天地靈蟲，綿帛之本，故加勦（讀〔沼〕）絕，與殺人不殊，當處嚴刑，以絕凶醜❼。」遂命於市杖殺之。

注釋

❶飢：通「饑」，農作物失收。
❷歉儉，農作物失收。
❸見糧：現存的糧食。
❹殷：黑紅色。
❺反接：反綁雙手。
❻府尹：這裏指河南府的首長。
❼凶醜：兇殘醜惡。

篇章理解

1. 請解釋下列**粗體文字**在文中的意思。（4 分）

   i. 葉一斤**直**一鍰。 **直**：________

   ii. 豈不**勝**為餒死乎？ **勝**：________

   iii. 荷桑詣都**市**鬻之。 **市**：________

   iv. 得三千文，**市**肉以歸。 **市**：________

2. 王公直為甚麼要賣掉桑葉？（2 分）

____

____

3. 綜觀全文，下列哪一項有關蠶蟲的描述是**正確**的？（1 分）
   ○ A. 價值幾十萬錢。
   ○ B. 把桑葉全都蛀蝕掉。
   ○ C. 是絲綢和布帛的來源。
   ○ D. 被放在袋子裏，然後埋葬。

4. 你認為王公直袋中的肢體實際上是甚麼？試抒己見。（3 分）

____

____

5. 經過審訊後，府尹直言王公直「法或可恕」，後來為甚麼又要把他杖打致死？（2 分）

____

____

10 死黨

字義流變：

為同黨犧牲→為同黨犧牲的人→共同進退的朋友

拍攝地：臺北市捷運臺北車站

離開機場後，馬上乘坐機場捷運前往臺北。下車後不久，就在臺北車站大堂看到一幅偌大的手機遊戲——《上古世紀：戰爭》的廣告海報。海報裏有一句吸引眼球的口號：

跨世界．找死黨。

「死黨」我們聽得多了，那麼甚麼是「死黨」？

*　　　*　　　*

《說文解字．黑部》說：「黨，不鮮也。」

「黨」本指「顏色暗淡不鮮明」，故此從「黑」部；後來被用作地方戶籍編制單位名稱。《漢書．食貨志上》這樣說：

五家為鄰，五鄰為里，四里為族，五族為黨。

五戶家庭組成一「鄰」，五「鄰」組成一「里」，四「里」組成一「族」，五「族」組成一「黨」，換言之，一個「黨」就是由五百戶家庭組成。

古人聚族而居，不論是否同姓同宗，也是旨在能夠彼此照應，「黨」因此再引申出「族人」、「同鄉」之等字義。《孟子．公孫丑上》有這句：

非所以要譽於鄉黨朋友也。

句中的「鄉黨」就是「同鄉」。孟子提到一個人看到幼童快要掉進井裏，因而想馬上營救他，這是基於與生俱來的「惻隱之心」，而不是因為他想在鄉里、朋友之間求取榮譽（要譽；「要」在這裏讀〔邀；yāo；一ㄠ〕）。

* * *

族人來自同一宗族、鄉里來自同一地區，大家有着共同目標或利益，因此**「黨」進一步引申出「朋黨」之義**。朋黨，就是指政見或利益一致的人集結而成的宗派。在古代，「黨」和「朋黨」都帶有貶義，常與「互相勾結」畫上等號。《淮南子．氾論訓》說：

私門成黨，而公道不行。

這句是指官高勢大的人會組成朋黨，不依循正道行事，為禍無窮。

據《資治通鑑．唐紀六十一》記載，唐代中後期出現黨爭——牛、李兩黨互相傾軋，朝政日益敗壞，唐文宗因而感慨地說：

去河北賊易，去朝中朋黨難！

唐文宗把「牛黨」和「李黨」，跟策動「安史之亂」的安祿山、史思明等「河北賊」相提並論，可見朋黨對國家的禍害。

為了維護黨派利益，不少黨人都願意為黨派或同伴犧牲，由此早在西漢就衍生出**「死黨」一詞，意指「為同黨犧牲」，也可以指「為同黨犧牲的人」**。譬如南宋人陸游在《南唐書．劉高盧陳李廖列傳》中提到陳覺和李徵古這兩個狼狽為奸的人：

為死黨，相倡和，如出一口。

陳覺自恃是宰相宋齊丘的門客，因而把持朝政，權傾朝野，甚至與同是門客的李徵古勾結，成為能夠為對方犧牲的夥伴（為死黨），在朝廷上一唱一和（相倡和），猶如出自同一張嘴巴。

也許是時移世易，人們都不再把「生死」掛在口邊，因此「死黨」一詞也不再一味強調「同生死」，反而轉為強調「共患難」；而這款手遊「跨世界．找死黨」的口號就是要告訴一眾玩家：想殺敵闖關，就要尋覓**「死黨」——共患難、同進退的朋友**。

* * *

回港後，我請教過朋友和同學，問他們還會不會用上「死黨」這個詞語，結果出人意表，他們竟然說「死黨」一詞太老派，反而會用上「老友」、「兄弟」、「姐妹」、「閨密」、「知己」，甚至是「BFF」、「老 Best」等稱謂。不知道各位讀者又是怎樣稱呼你們的好友呢？

延伸篇章

陳師錫上疏劾蔡京

《宋史·陳師錫列傳》(節選)

摘要 支持新政的蔡京、蔡卞盡用同黨,又勾結外戚、宦官,結果朝政大亂,陳師錫於是上書宋徽宗,勸諫他早日處置蔡京等人。

蔡京為翰林學士,師錫言:「京與弟卞(讀〔辯〕)同惡,迷國誤朝。而京好大喜功,銳於改作❶,日夜交結內侍❷、戚里❸,以覬(讀〔寄〕)大用。若果用之,天下治亂自是而分,祖宗基業自是而隳(讀〔揮〕)矣。京援引死黨至數百人,鄧洵(讀〔詢〕)武❹內行污惡,向宗回、宗良❺亦陰為京助。是皆國之深患,為陛下憂,為宗廟憂,為賢人君子憂。若出之於外,社稷(讀〔即〕)之福也。」

遂上(讀〔尚〕)❻封事❼言:「自昔母后❽臨朝,危亂天下,載在史冊,可考而知。至於手書還政❾,未有如聖母❿,退抑謙遜,真可為萬世法。而蔡京陰通二向,妄言宮禁預政,以誣聖德,不可不察也。」

注釋

❶改作:改動國策,這裏指變法。
❷內侍:由宦官擔任的宮中僕役。
❸戚里:外戚,皇帝的母族、妻族。
❹鄧洵武:依附蔡京的奸臣。
❺向宗回、宗良:同為向太后的弟弟。
❻上:這裏指宋徽宗。
❼封事:密封的奏章。
❽母后:這裏泛指歷代帝王的母親。
❾手書還政:指向太后垂簾聽政半年後,把國政交還給宋徽宗。
❿聖母:宋徽宗對向太后的尊稱。

篇章理解

1. 請解釋下列**粗體文字**在文中的意思。（2 分）

 i. 祖宗基業自是而**隳**矣。 **隳**：________

 ii. 向宗回、宗良亦**陰**為京助。 **陰**：________

2. 下列哪一句中的「**黨**」字，與文中「京援引死**黨**至數百人」中「**黨**」字意思相同？（1 分）

 ○ A. 家有塾，**黨**有庠。（《禮記・學記》）
 ○ B. 烏菟之族，犀兕之**黨**。（左思〈吳都賦〉）
 ○ C. 眾邪羣聚，私門成**黨**。（桓寬《鹽鐵論・禁耕》）
 ○ D. 借問宗**黨**間，多為泉下人。（李白〈門有車馬客行〉）

3. 下列哪一項**不是**蔡京做過的壞事？（1 分）

 ○ A. 執意改動國策。 ○ B. 密謀發動政變。
 ○ C. 勾結宦官外戚。 ○ D. 任用朝中奸臣。

4. 陳師錫認為宋徽宗要怎樣做才能穩定國家？（1 分）

 ○ A. 下命令禁止改革。 ○ B. 請太后再次臨朝。
 ○ C. 把他們斬首示眾。 ○ D. 把他們貶到外地。

5. 除了**排比**，文中「為陛下憂，為宗廟憂，為賢人君子憂」三句還運用了哪一種修辭手法？（1 分）

 □□

6. 為甚麼宋徽宗認為蔡京等人誣蔑向太后？（3 分）

 ____

 ____

 ____

11 菸

字義流變：枯萎→煙草

拍攝地：臺北市大安區永康街永康公園入口

這次臺灣之旅下榻的旅館就在捷運東門站附近。旅館位處信義路旁，馬路對面就是永康街。永康街是著名的美食街，故此在旅館放下行李後，就到永康街用膳了。

飽餐過後，到了附近的永康公園消磨時間。在公園門口，看到地面嵌上了一塊告示板，上面寫着「無菸公園」四字，並以英文寫着「No Smoking」和「Smoke-free Park」。很明顯，「無菸」就是「Smoke-free」，即是「無煙」，那為甚麼要寫作「菸」？

*　　*　　*

「菸」從「艸」（讀〔草；cǎo；ㄘㄠˇ〕）部，字義大抵跟草木有關。**它本讀〔於；yū；ㄩ〕，解作「枯萎」**，當破讀（破讀：同一個字因意義改變而讀成另一個音）成〔煙；yān；ㄧㄢ〕時，則**解作「菸草」，也就是我們常說的「煙草」**。臺灣嘉義「蘭記書局」在一九四六年出版的《中華大字典》這樣解釋：

菸：草名，一名「淡巴菰」……葉曬乾，後製為切煙捲煙，性善刺激，使人興奮……中含毒質「泥可聽」，久食則傷腦及肺。

「淡巴菰」是英語「tobacco」的音譯詞，即「煙草」或「煙葉」，可以製成雪茄或香煙；「泥可聽」則是「尼古丁」（Nicotine），是一種可以刺激神經、讓人興奮、但同時對身體有害的物質。

「菸草」原產於美洲，千多年前的印第安人就已懂得吸入燃燒菸草時所發出的煙霧，藉此抖擻精神。到十五世紀大航海時代，菸草被入侵美洲的西班牙人帶回歐洲，並迅速風行全歐；到十六世紀明神宗萬曆年間，菸草才經呂宋（位於今菲律賓）傳入中國。

煙草傳入中國初期，人們是把這種植物寫作「煙」的，譬如明末人談遷在《棗林雜俎·榮植》中提到：

金絲煙，出海外番國，曰「淡巴菰」。

清初人王士禛的《香祖筆記·卷三》則提到國人吸煙的情況：

今世公卿士大夫下逮輿隸婦女，無不嗜煙草者。

到民國時，人們才開始以「菸」代「煙」。譬如成書於民國時期的《清史稿·邦交志七》就這樣寫：

且各國人民皆得購地自業種菸，華人獨否。

此外，從民國時期到新中國建立初期，不少香煙製造廠都是以「菸」字冠名的，譬如上世紀五十年代成立的「國營上海菸草工業公司」、「國營哈爾濱捲菸廠」等。

*　　*　　*

之所以要改寫作「菸」，是因為「煙」也可以指毒品——鴉片（Opium），故此要把兩者分辨開來。鴉片早在清朝初年就進口中國，直到雍正皇帝眼見進口鴉片數量越來越多，對國人的毒害越來越深，於是在一七二九年下令禁絕鴉片煙；到道光年間，朝廷再一次大力禁煙。《清史稿．食貨志六》則提到林則徐前往廣東禁絕鴉片煙的情況：

截獲躉船煙土二萬八百八十餘箱，焚之。時定禁煙章程，凡開設窯口及煙館，與興販吸食，無論華洋，均擬極刑。

當中的「煙土」是指「未經處理的鴉片」，「煙館」則是供人吸食鴉片煙的營業場所。

同是《清史稿》，煙草以「菸」表示，鴉片以「煙」表示，這正是「『菸』、『煙』有別」的明證。

一九一二年，中、英、美、法、德、日、俄等國在荷蘭海牙簽書《國際鴉片公約》。自此，害人不淺的鴉片煙才逐漸絕跡。大抵是這個原因，人們就重新以「煙」代「菸」，並出現了「煙草」、「香煙」、「吸煙」、「煙酒」等今天常見的詞彙，至於海峽對岸的臺灣，則基本上沿用這個「菸」字了。

拍攝地：桃園市桃園國際機場

拍攝地：臺北市捷運列車上

延伸篇章

徐致初修堤弛禁令

《清史稿・徐棟列傳》（節選）

摘要 很多為官者都希望可以做出豐功偉績，清朝後期的徐棟卻不然。他認為天下治理得當的基礎，就在於治理好看似微不足道的地方事務。

徐棟，字致初，直隸讀〔第〕安肅人。道光二年進士。究心吏治，以為天下事莫不起於州縣，州縣理❶，則天下無不理。

二十一年，出為陝西興安知府。興安臨漢江，棟補修惠春、石泉兩堤，加於舊五尺，民頗苦其役讀〔亦〕❷。十數年後，大水冒舊堤二尺，乃感念之，肖像以祀讀〔字〕。

舊禁運糧下游，棟以興安卑濕，積穀易霉變。既不能久儲，又不能出境，圖利者改種菸葉、藍靛讀〔電〕❸，歉❹年每至乏食。乃弛運糧之禁，民便之，舉卓異❺。二十九年，以病歸。咸、同❻之間，在籍❼治團練❽，修省城，有詔讀〔趙〕錄用，以老病辭，尋卒。祀興安「名宦讀〔患〕祠讀〔詞〕❾」。

注釋

❶理：管治妥當。
❷役：勞役，官府強迫百姓出勞力，給國家進行各項工程。
❸藍靛：泛指可以提煉出藍色染料的植物，如：蓼藍、菘藍等。
❹歉：農作物失收。
❺卓異：清朝官制，吏部定期考核官員，政績突出（卓）、才能優異（卓）的，皆稱為「卓異」。
❻咸、同：「咸豐」、「同治」兩個年號的簡稱。
❼籍：籍貫，這裏指故鄉。
❽團練：地方民兵組織。
❾祠：祠堂，供奉並祭祀祖先或有才德的前人的建築。

篇章理解

1. 請解釋下列**粗體文字**在文中的意思。（2 分）

   i. 興安**臨**漢江。　　**臨**：________

   ii. 以老病辭，**尋**卒。　　**尋**：________

2. 為甚麼徐楝要專心研究官吏的治績？（2 分）

____

____

3. 下列哪一項有關惠春、石泉堤壩的描述是**錯誤**的？（1 分）

   A. 修補後的堤壩馬上奏效。

   B. 新堤壩比舊有的高出五尺。

   C. 新堤壩最終有效抵擋洪水。

   D. 百姓起初抗拒修補舊堤壩。

A	B	C	D
○	○	○	○

4. 興安府百姓怎樣應對運送糧食的禁令？（1 分）為甚麼他們要這樣做？（2 分）另，這又帶來甚麼後果？（2 分）

   i. 應對：________

   ii. 原因：________

   ____

   iii. 後果：________

5. 興安府的百姓怎樣紀念徐楝的治績？（2 分）

   ①為他鑄造銅像。　②為他繪畫肖像。

   ③推舉他為優秀的官員。　④在「名宦祠」裏供奉他。

   ○ A. ①③　○ B. ②③　○ C. ②④　○ D. ③④

12 急難

字義流變：

解救禍患→危險禍患→緊急事故

拍攝地：臺北市臺鐵松山車站出站大廳

來臺第二天，就前往電影《悲情城市》的拍攝地——新北市瑞芳區的九份山城。雖然很喜歡《悲情城市》，然而到達山城後，卻沒有很興奮的感覺，也許是遊人太多、環境太嘈雜，加上天氣酷熱吧，根本不能靜心遊覽各處景點。

不過，飯還是要吃的，因此在九份老街品嘗了當地著名的魚丸湯，還有手掌般大的鳳梨大餅。

大快朵頤過後，就從九份坐公車下山到瑞芳車站，再轉乘臺鐵返臺北。火車進入臺北地區後，肚子忽然洶湧澎湃起來！一直坐立不安的我知道不可以再忍了，於是提前在松山車站下車，然後飛奔到出站大廳的洗手間……

*　　*　　*

解手過後，在洗手臺洗手時，發現牆壁上有一枚紅色按鈕，上面寫上：「急難時，請按下紅色按鈕。」

「難」在這裏讀〔naan6；nàn；ㄋㄢˋ〕，解作「危難」。至於**「急難」一詞，本義是「解救（急）禍患（難）」，作動詞用。**《詩經·小雅》裏有一首詩，名叫〈常棣〉（「棣」讀〔弟；dì；ㄉㄧˋ〕）。「常棣」是一種樹木，開花時，花朵三兩朵、三兩朵的互相依靠。常棣開花的美態讓詩人聯想到，兄弟手足要像常棣花那樣彼此依靠、互相幫助，因而以「常棣」作為題目。除了花朵，詩歌也通過動物來傳遞兄友弟恭這個訊息：

脊令在原，兄弟急難。

「脊令」即「鶺鴒」（讀〔隻靈；jí líng；ㄐㄧˊ ㄌㄧㄥˊ〕），是一種水鳥。鶺鴒本身在水邊棲息、從水中捕食，一旦被困在原野上（脊令在原），牠的同伴應當為對方解救禍患（兄弟急難）。這兩句旨在告知讀者，看到兄弟有難，應當挺身而出相救。

「急難」還可以用作名詞，解作「危險（急）禍患（難）」。蘇軾有一篇叫〈物不可以苟合論〉的文章。標題中的「苟合」，解作「苟且聚合」，意指隨便走在一起。蘇軾想通過這篇文章，說明不論是君臣、夫婦，還是朋友，都要慎於揀選，不能隨隨便便的走在一起。文章裏有這三句：

安居以為黨，急難以相救，此足以為朋友矣。

蘇軾的意思是：在安穩生活的日子，如果能把對方視為共同進退的同伴（安居以為黨）；在危險禍患的時候，如果能互相救助（急難以相救），這就可以把對方視為朋友了（此足以為朋友矣）。

*　　*　　*

本文開首照片中的「急難」，所指的正是第二個詞義——危險禍患。這類似港鐵「事故時，記得『掃』呀！」的告示。**把「急難」套用在今天，可以理解為「緊急事故」**。因此「急難時，請按下紅色按鈕」這句就是要告知旅客：在洗手間裏遇上緊急事故的時候，要按動紅色按鈕，通知車站職員。

認識我的朋友都知道我天生腸胃敏感，每逢外遊，每隔幾個小時就要上廁所一次，因此於我而言，「急難」應該就是指忽然肚子痛、卻不能馬上前往洗手間的「緊急情況」吧（笑）！

延伸篇章

張鴻漸聽妻悔刀筆

清・蒲松齡《聊齋誌異・張鴻漸》（節選）

摘要 張鴻漸為一班讀書人撰寫狀書，控告地方官員貪暴、濫殺無辜。年輕的他卻不知世間險惡，結果被牽連在內，只好逃亡。

張鴻漸，永平人。年十八為郡（讀〔珺 gwan6〕）名士❶。時盧龍令趙某貪暴，人民共苦之。有范生被杖斃，同學忿其冤，將鳴部院❷，求張為刀筆❸之詞，約其共事，張許之。

妻方氏美而賢，聞其謀，諫曰：「大凡秀才❹作事，可以共勝，而不可以共敗：勝則人人貪天功，一敗則紛然瓦解，不能成聚。今勢力❺世界，曲直難以理定；君又孤，脫❻有翻覆，急難者誰也？」張服其言，悔之，乃宛（讀〔丸〕）謝諸生，但為創詞❼而去。

質審一過，無所可否。趙以巨金納大僚，諸生坐結黨被收，又追捉刀❽人。張懼亡去，至鳳翔界，資斧❾斷絕。

注釋

❶名士：在地方上名望高但不當官的人。
❷部院：清朝各省巡撫，負責巡視省中各地的吏治、刑獄、民政等。
❸刀筆：訴訟文書。
❹秀才：讀書人。
❺勢力：勢利，指根據財富或地位來看待對方的惡劣作風。
❻脫：一旦。
❼但為創詞：這裏指張鴻漸只撰寫訴訟文書，而沒有跟眾人一同控告縣令。
❽捉刀：替人撰寫文章。
❾資斧：盤川、旅費。

篇章理解

1. 請解釋下列**粗體文字**在文中的意思。（2 分）

i. 悔之，乃宛**謝**諸生。　　**謝**：________

ii. 諸生**坐**結黨被收。　　**坐**：________

2. 將下列句子語譯成通順的語體文。（3 分）

同學忿其冤，將鳴部院。

____

3. 下列哪一項有關張鴻漸的描述**錯誤**的？（1 分）
○ A. 在鄉中素有名望。
○ B. 協助撰寫訴訟文書。
○ C. 沒有跟書生們一起提告。
○ D. 帶備充足金錢逃離永平。

4. 張鴻漸的妻子提到讀書人不能一起共事，原因何在？請填寫以下表格。（2 分）

事情結果	帶來的後果
i. 勝利	
ii. 失敗	

5. 為甚麼妻子規勸張鴻漸不要跟那班讀書人一起共事？（2 分）

____

____

____

里

字義流變：

村落→戶籍單位→街巷

拍攝地：新北市瑞芳區基山街（九份老街）

上回提到筆者到了九份。在九份老街，人人都在搵食觀光、拍照打卡，筆者卻發現一家很特別的店鋪，它既是藥局，又是「崇文里里長」的服務處。這裏的「長」讀〔掌；zhǎng；ㄓㄤˇ〕，意指「首長」，莫非「里長」就是九份老街這條巷里的首長？

*　　　*　　　*

「里」從「田」從「土」，不論「田土」或「土田」，都可以解作「土地」，都是可以居住的。《說文解字》這樣說：「里，居也。」**「里」的本義就是人們聚居的地方，相當於「村落」**。相信大家都聽過「東施效顰」這故事，原文出自《莊子．天運》，開首一句是這樣寫的：

西施病心而顰其里。

這是說西施的心臟有病痛（病心），因此經常要皺着眉頭（顰，讀〔貧；pín；ㄆㄧㄣˊ〕）在村落（里）裏走過。句末的「里」字就是指「村落」了。

後來，**「里」被用作地方戶籍編制單位。**簡單來說，「里」就是由若干個家庭組成的戶籍單位，據《漢書·食貨志上》記載：

五家為鄰，五鄰為里。四里為族，五族為黨，五黨為州，五州為鄉。

依據古制，五户家庭組成一「鄰」，五「鄰」組成一「里」，換言之，一「里」就是由二十五戶家庭組成的。順帶一提，根據上文，「鄉」是最高戶籍單位，由一萬二千五百戶家庭組成。「鄉」和「里」是最常見的戶籍單位，故此後人把它們合稱為「鄉里」，相關制度就稱為「鄉里制」。

每「里」都設有首長，負責監察、稅收、治安等事務：先秦時代，「里」的首長稱為「里正」（見《韓非子·外儲說右下》）或「里君」（見《管子·小匡》）；從漢朝起，多稱為「里正」（見《漢書·循吏傳》、《舊唐書·輿服志》等）或「里長」（見《北史·裴蘊列傳》、《宋史·劉敞列傳》等）；到明、清時代，一般只稱作「里長」（見《明史·食貨志》、《清史稿·食貨志》）。可見兩千多年來，歷朝都一直推行着「鄉里制」這種地方戶籍制度，只是細節內容有所不同而已。

*　　　*　　　*

「鄉里制」並沒有因為帝制而結束，反而一直實行到今天的臺灣。前頁的「崇文里」就是新北市瑞芳區轄下三十四個「里」中的其中一個，正正位於九份老街內。至於每里的首長，則依然稱為「里長」，相當於「村長」，與明、清時代一脈相承。前頁照片展示了「崇文里」的里長的名字，就是「江李美女」（姓「李」，名「美女」，「江」為冠夫姓）。

拍攝地：新北市平溪區嶺腳里承善橋

其實不只是「里」，就連「鄰」這戶籍單位也被保留下來，同樣位處「里」之下。筆者到平溪遊覽時，就拍攝到左圖的這面路牌，上面標示了前往「嶺腳里 8 鄰」和「嶺腳里 10 鄰」的方向。根據新北市平溪區公所網站（www.pingxi.ntpc.gov.tw）在 2018 年的資料顯示，新北市的平溪區由 12 個里組成，包括：平溪里、嶺腳里、十分里、菁桐里等。每個「里」由 8 至 13 個「鄰」組成，當中「嶺腳里」下轄 10 個鄰，合共 314 戶，可見每「鄰」每「里」的戶數是不一的，與古代不同。

* * *

至於海峽對岸的內地和港澳地區，「里」已經不再用於地方戶籍編制，而是指**短小而狹窄的街巷**，譬如北京有「孝賢里」、廣州有「文德里」、澳門有「光復里」；至於香港，也有不少里巷，譬如位於大圍的「積德里」，是一條三十米左右的單程行車路；又如位於西營盤的「長安里」，更只是一條不足三十米的行人小徑而已。

延伸篇章

少年兵歸來已白頭

唐·杜甫〈兵車行〉（節選）

摘要 皇帝好大喜功，窮兵黷武，首當其衝的當然是士兵：生離死別、戰死沙場已算等閒，最讓人心痛的，是青絲出征，白髮歸來……

車（讀〔居〕）轔轔（讀〔鄰〕）❶，馬蕭蕭，行人❷弓箭各在腰。

耶孃（讀〔娘〕）妻子走相送，塵埃不見咸陽橋。

牽衣頓足攔道哭，哭聲直上干（讀〔肝〕）雲霄。

道旁過者問行人，行人但云點行❸頻。

或從十五北防河，便至四十西營田。

去時里正與裹（讀〔果〕）頭❹，歸來頭白還戍（讀〔恕〕）邊。

邊庭❺流血成海水，武皇❻開邊意未已。

君不聞漢家山東二百州，千村萬落生荊杞（讀〔經紀〕）❼？

縱有健婦把鋤犁（讀〔黎〕），禾生隴畝（讀〔壟某〕）❽無東西❾。

況復秦❿兵耐苦戰，被驅不異犬與雞。

注釋

❶轔轔：車子行駛時的聲音。

❷行人：出征的士兵。

❸點行：點兵，即根據名冊，強行徵召士兵服役。

❹裹頭：與「加冠」相同，束起頭髮、用頭巾包着，表示男子成年。

❺邊庭：邊疆地區。

❻武皇：漢武帝，這裏暗指唐玄宗。

❼荊杞：荊棘和枸杞等雜草。

❽隴畝：田地。

❾無東西：指穀物生長得不成行列，十分淩亂。

❿秦：秦地，即函谷關以西的關中地區。

篇章理解

1. 請解釋下列**粗體文字**在文中的意思。（2 分）

   i. 哭聲直上**干**雲霄。　　**干**：________

   ii. 去時**里正**與裹頭。　　**里正**：________

2. 詩歌中的「耶孃妻子」是甚麼人？他們正在做甚麼？詩人為甚麼要提到他們？把答案填在橫線上。（6 分）

   「耶孃妻子」是士兵的________，他們給準備出征的士兵________，卻同時________士兵的衣服，用腳________，大聲________，實際上他們想________士兵前進。詩人之所以要提到他們，是為了________國家胡亂________，結果讓百姓面對骨肉________的慘況。

3. 國家征戰頻繁，給士兵和百姓帶來甚麼苦難？請各舉一項，略作說明。（4 分）

   i. 士兵：________

   ii. 百姓：________

4. 本詩有着不少「古今異義」的詞語，請填寫下表。（5 分）

詞語	古代意思	今日意思
i. 妻子		
ii.		在路上行走的人。
iii. 東西		泛指各種事物。

⑭ 講習

拍攝地：臺北市中正區臺北車站東二門外

臺灣之旅來到第三天了，這天要到平溪遊玩。要去平溪，可以在臺北車站乘臺鐵到新北市的瑞芳站，再轉乘平溪線。就在臺北車站門外，發現了一張告示牌，內容很簡單：「禁止亂丟菸蒂。」

菸蒂即「煙頭」，固然不可以亂丟，亂丟了就要接受懲罰。根據告示，亂丟菸蒂的最高刑罰是罰款新臺幣六千元，還要接受一小時的「環境講習」。那麼，甚麼是「講習」？

*　　*　　*

講，是「講授」、「教授」，習，是「研習」、「學習」。**「講習」就是「講授研習」**，即英文的「Lecture and Study」。根據臺灣環境部的資料所載，所謂「環境講習」，就是要違法者在罰款之餘，同時學習有關環境保護問題的課程，藉此了解環境倫理及責任，避免再度違法受罰。

「講習」一詞，其實早在先秦時代就已經出現。《易經．兌卦》這樣說：

麗澤，兌；君子以朋友講習。

「兌卦」的卦象是「麗澤」。「麗澤」又是甚麼意思？「澤」是沼澤，「麗」的本義是「一對」、「相連」，「麗澤」是指兩個相連的沼澤，水流相通，物種相益，藉此比喻「君子以朋友講習」。唐朝人孔穎達給這句話下註釋說：

同門曰「朋」，同志曰「友」。朋友聚居，講習道義。

原來「朋友」的本義跟今天的同中有異：既是同師受業（同門），也是志同道合（同志），缺一不可。所謂「君子以朋友講習」，就是說品格高尚的人（君子）會跟志同道合的同學（朋友）居住在一起（聚居），互相講授和研習（講習）儒家的道德義理（道義），藉此提升水平。

*　　　*　　　*

剛才提到，君子會聚在一起講習知識，因而衍生出**「講習所」一詞，就是指「講習知識的場所」**。明朝清官海瑞寫有〈陽江借山亭記〉一文，「講習所」一詞即源於此。文中，海瑞這樣寫：

鳴陽蔡二守，就陽江邑中之隙，捐俸構亭為講習所，扁之曰「借山」。

文中的「蔡二守」，就是廣東肇慶府郡丞（知府副手）蔡懋昭。根據清朝的《肇慶府志．卷八》記載：

萬曆間，郡丞署縣事蔡懋昭為遷客沈思孝建（講習所）。

沈思孝因得罪宰相張居正，而被貶到電白（今廣東茂名市東南）。沈思孝為官清廉，蔡懋昭於是捐出俸祿，在陽江縣城內的永泰坊，為沈思孝興建「借山亭」，並邀請沈思孝前來講學授課，故此海瑞就在〈陽江借山亭記〉裏寫出「捐俸構亭為講習所」之句了。

*　　　*　　　*

「樂野農業講習所」遺跡
（感謝臺灣王志文先生提供）

隨着時間推演，**「講習所」一詞逐漸從中土流傳到域外。**譬如在日治時期，日本在臺灣設立了八處「農業講習所」，包括臺中、嘉義、屏東、臺東、蘇澳等，是臺灣原住民的教育設施，藉此提升原住民的農業生產力。左圖是位於嘉義縣阿里山鄉樂野村的「農業講習所」遺跡，大家可以看到石碑上清楚地刻上「ララウヤ（Rarauya，樂野）農業講習所」。

時至今日，**「講習」依然在臺灣、日本等地被廣泛使用**，除了剛才在文首所提到的「講習」懲罰外，日本不少教育機構都會推出「講習」，譬如下圖就是日本某教育機構推出「夏期講習」（相當於「暑期課程」）的網上廣告；至於在內地和港澳地區，「講習」這個詞語則幾乎不復存在了。

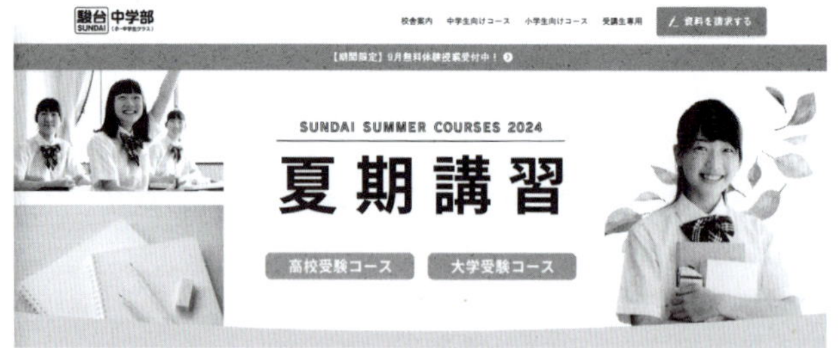

日本駿台學園中學部的「夏期講習」廣告（網上圖片）

延伸篇章

蘇子瞻獻策論戰守

北宋·蘇軾〈教戰守策〉（節選）

摘要 北宋推行強幹弱枝政策，結果嚴重削弱地方兵力，蘇軾早已洞悉當中流弊，於是在二十四歲參加科舉時，給宋仁宗獻上了這篇文章。

天下之民，知安而不知危，能逸而不能勞❶，此臣所謂大患也。

臣欲使士大夫尊尚武勇，講習兵法；庶（讀〔恕〕）人之在官者❷，教以行陣之節；役民之司盜者❸，授以擊刺之術；每歲終則聚於郡府❹，如古都試❺之法，有勝負賞罰；而行之既久，則又以軍法從事❻。

然議者必以為無故而動民，又悚（讀〔聳〕）以軍法，則民將不安；而臣以為此所以安民也。天下果未能去兵，則其一旦❼將以不教❽之民而驅之戰。夫無故而動民，雖有小恐，然孰與（讀〔熟宇〕）❾夫一旦之危哉？

注釋

❶勞：這裏指為國家效勞，即為國抗敵。
❷庶人之在官者：在官府裏工作的僕役。庶人，僕役、差役。
❸役民之司盜者：負責捕捉盜賊的差役，類似今天的警察。
❹郡府：縣令的衙門。
❺都試：古代的閱兵制度，每年秋天舉行，藉此講習並比試武藝。
❻從事：這裏指管理百姓。
❼一旦：有朝一日、突然。
❽教：訓練，這裏指軍事訓練。
❾孰與：文言句式，即「……與……比較，哪一個（孰）更……？」。

篇章理解

1. 請解釋下列**粗體文字**在文中的意思。（3 分）

   i. **行**之既久，則又以軍法從事。　　**行**：________

   ii. 又**悚**以軍法，則民將不安。　　**悚**：________

   iii. 天下果未能去**兵**。　　**兵**：________

2. 下列哪一項**不是**蘇軾提到國家要面對的國防問題？（1 分）

   ○ A. 百姓逃避兵役。　　○ B. 國家隨時爆發戰事。

   ○ C. 百姓長期安於逸樂。　　○ D. 百姓沒有憂患意識。

3. 蘇軾主張百姓習武的目的是（1 分）

   ○ A. 發掘軍事人才。　　○ B. 提升百姓體格。

   ○ C. 擴充士兵人數。　　○ D. 防範戰爭爆發。

4. 蘇軾主張的訓練對象及相關內容分別是怎樣的？（6 分）

訓練對象	訓練內容
i. 各級官員	
ii.	教導揮軍列陣的細節。
iii. 負責捕捉盜賊的差役	
iv.	

5. 蘇軾為甚麼認為「無故動民」反而能夠安穩民心？（2 分）

____

____

15 優渥

字義流變：

雨水充足→餽贈豐厚→待遇優厚

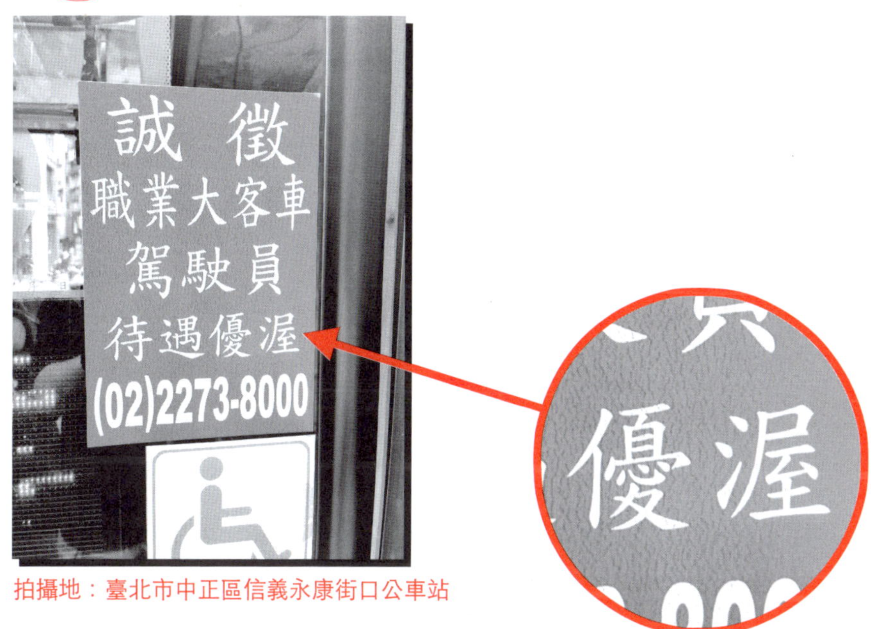

拍攝地：臺北市中正區信義永康街口公車站

終於來到這趟臺灣旅程的最後一天。退房後，筆者就帶着行李，走到旅館外的公車站候車。

十多分鐘過去，一輛輛公車擦身而過，我也沒有登上。就在這時，一輛公車進站，我看了看，就馬上拿出手機，把公車前門張貼的一張告示拍攝下來……

這是一則招聘公車駕駛員的告示。為了吸引有興趣的市民，告示特意寫上「待遇優渥」（讀〔握；wò；ㄨㄛˋ〕），表示「待遇優厚」。不過，「優渥」的本義卻跟待遇無關。

* * *

「優渥」一詞最初見於《詩經．小雅》中的〈信南山〉。這是一首描寫周天子祭祖祈福的樂歌。詩歌第二節是這樣寫的：

上天同雲，雨雪雰雰。
益之以霡霂，既優既渥，
既霑既足，生我百穀。

周天子祈求冬天時能出現「同雲」——顏色單一的雲，這是下雪的徵兆——然後下起紛飛的雪來（雨雪雰雰，「雰」讀〔紛；fēn；ㄈㄣ〕）；周天子還祈求天神能夠增添微雨（霡霂，讀〔墨木；mài mù；ㄇㄞˋ ㄇㄨˋ〕）。

不論是大雪還是微雨，大家都希望可以充足（優、足），這樣就能夠滋潤（渥、霑）大地，讓農作物在來年春天茁壯生長。可見**「優渥」的本義就是「雨水充足」**。

* * *

雨水是天神對人類的「餽贈」，因此**「優渥」後來也用於人與人之間的餽贈，意指「豐厚」**。《三國志．蜀書．鄧芝傳》這樣寫：

權數與芝相聞，饋遺優渥。

鄧芝是趙雲的副將，亦曾出使東吳，深得東吳君臣上下信任。蜀、吳兩國曾一度交惡，頗有外交手段的鄧芝一方面坐鎮邊境，防備東吳；另一方面經常與孫權會面，並寫信互通消息（相聞），更互相饋贈（「饋遺」，讀〔跪胃；kuì wèi；ㄎㄨㄟˋ ㄨㄟˋ〕）禮物，最終促成蜀吳聯盟，穩定了雙方邊界。原文中的「優渥」就是指餽贈的禮物豐厚。

除了禮物、餽贈，**「優渥」也可用於上級對下級的待遇，意指「優厚」**。《明史．李成梁傳》有相關記載：

成梁鎮遼二十二年，先後奏大捷者十，帝輒祭告郊廟，受廷臣賀，蟒衣金繒歲賜稠疊。邊帥武功之盛，二百年來未有也。……位望益隆，子弟盡列崇階。……每一奏捷，內自閣部，外自督撫而下，大者進官蔭子，小亦增俸賚金。恩施優渥，震耀當世。

李成梁是朝鮮人，其高祖父（祖父的祖父）李英投奔明朝後，被授予「世鐵嶺衛指揮僉事」一職，從此世居遼東。李成梁鎮守遼東二十二年，征戰無數，軍功亦無數，更多次擊敗威脅明朝的女真軍隊，因此聲威大振。

李成梁不但得到明神宗豐厚的賞賜，譬如上文提到的「蟒衣」（高官禮服）、「金繒」（黃金及絲綢）、「歲賜」（每年固定數額的餽贈），此外，族人全部位列朝廷高位（子弟盡列崇階）。更有甚者，每當李成梁的軍隊報捷，朝廷內外都會得到賞賜，高官固然會升官，福及子孫（大者進官蔭子），即使是小官也會被增加俸祿、賞賜黃金（小亦增俸賚金）。可見李成梁從明神宗得到的待遇果真極度優厚（恩施優渥），可謂威震全國。

* * *

隨着這張「待遇優渥」告示被攝入手機，這趟臺灣之旅亦告終結。臺灣之旅完結了，可是這段穿梭時空的漢字之旅才剛剛開始。接下來，我會前往繼承了傳統中華文化的日本和韓國，去發掘在異鄉落地生根的古漢語字詞。

延伸篇章

盡孝道李密棄官職

西晉·李密〈陳情表〉（節選）

摘要 李密棄官隱居，藉此照顧命不久矣的祖母，卻遇上晉武帝特別恩賜的任命。為表心跡，李密決定呈上感動人心的〈陳情表〉。

今臣亡國❶賤俘（讀〔膚〕），至微至陋，過蒙拔擢（讀〔鑿〕），寵命❷優渥（讀〔握〕）；豈敢盤桓（讀〔援〕）❸，有所希冀！

但以劉❹日薄西山❺，氣息奄（讀〔淹〕）奄，人命危淺，朝不慮夕。臣無祖母，無以至今日；祖母無臣，無以終餘年。母孫二人，更相為命；是以區（讀〔軀〕）區❻，不能廢遠。臣密今年四十有四，祖母劉今年九十有（讀〔又〕）❼六，是臣盡節於陛（讀〔弊〕）下之日長，報養劉之日短也。烏鳥私情❽，願乞終養❾！

注釋

❶亡國：這是指被西晉破滅的蜀國，李密曾在蜀國當官，後來得到晉武帝的賞識和提拔。
❷寵命：特別恩賜的任命，這裏是指晉武帝對李密的賞識和提拔。
❸盤桓：本指徘徊，這裏指李密猶豫不決，多番考慮晉武帝的提拔。
❹劉：李密的祖母劉氏。
❺日薄西山：太陽迫近西山，比喻生命即將走到盡頭。
❻區區：真摯的情感。
❼有：用於整數與餘數之間，表示附加，「九十有六」即「九十六」。
❽烏鳥私情：烏鴉（烏鳥）長大後反哺父母的孝順之情（私情）。
❾終養：奉養長輩直到生命結束。

篇章理解

1. 請解釋下列**粗體文字**在文中的意思。（2 分）

   i. 無以終**餘年**。　　**餘年**：________

   ii. 是以區區，不能廢**遠**。　　**遠**：________

2. 根據文中「今臣亡國賤俘，至微至陋，過蒙拔擢，寵命優渥」句子，回答以下問題。

   i. 請填寫下列各項。（4 分）

      A. 李密的身份：________

      B. 武帝的待遇：________

   ii. 承上題，這裏運用了哪一種修辭手法？（1 分）
   ○ A. 反襯　○ B. 正襯　○ C. 對偶　○ D. 對比

3. 李密碰上「情義兩難全」的局面，當中「情」、「義」和「兩難全」各自指甚麼事情？另，李密最後怎樣抉擇？（4 分）

   i. 情：________

   ii. 義：________

   iii. 兩難全：________

   iv. 抉擇：________

4. 承上題，下列哪一項**不是**李密作出上述抉擇的理據？（1 分）
   ○ A. 李密陪伴祖母的時間不多。
   ○ B. 李密給晉武帝盡忠來日方長。
   ○ C. 晉武帝的君恩不及祖母的親恩。
   ○ D. 李密不忍心拋棄一直照顧自己的祖母。

字義流變：

熱水→溫泉→浴池→飲料、湯水

拍攝地：大阪市西成區山王２丁目

喜歡日本演員役所廣司的讀者，相信會觀賞過他主演的《新活日常》（Perfect Days）。電影講述飾演公廁清潔工的役所廣司看似過着一成不變的日常新生活，卻通過音樂、閱讀、人與人之間的關懷，流露出生活的平淡美感，而他的其中一項日常，就是到住所附近的澡堂——櫻湯（さくら湯）——泡熱水澡。

日本不少澡堂，包括役所廣司常去的「櫻湯」，還有上圖位於大阪的「萬盛湯」，其店鋪名稱都會冠以「湯」字，那麼到底甚麼是「湯」？莫非就是我們今天喝到的「湯」？

*　　*　　*

《說文解字．水部》這樣說：「湯，熱水也。」**「湯」的本義就是熱水、開水。**《孟子．告子上》裏有這句：

冬日則飲湯，夏日則飲水。

冬天寒冷，就喝熱水；夏天炎熱，就喝涼水。孟子認為這些都是發自內心的行為，藉此比喻踐行仁義是發乎內心的善舉。

*　　*　　*

經過人類煮沸的熱水，就是「湯」；大自然所蘊藏的熱水——**溫泉，也稱作「湯」**。唐代人封演寫了一本叫《封氏聞見記》的筆記小說，當中提到當時大唐境內的溫泉：

> 海內溫湯甚眾，有新豐驪山湯，藍田石門湯，岐州鳳泉湯，同州北山湯，河南陸渾湯，汝州廣成湯，兗州乾封湯，邢州沙河湯。

引文裏面的「新豐」、「藍田」、「岐州」（「岐」讀〔旗；qí；ㄑㄧˊ〕）、「同州」，都是位於今天的陝西省，可見當地的溫泉數量多、分佈廣。

說到陝西省的溫泉，大家自然會想到「華清池」。在〈長恨歌〉的開首部分，白居易描寫了楊貴妃出浴華清池的情況：

> 春寒賜浴華清池，溫泉水滑洗凝脂。

楊貴妃得到唐玄宗的寵幸，被帶到華清池，在寒冷的初春與皇帝一同泡上溫暖的熱水澡，用潤澤的泉水洗淨潔白柔潤的皮膚。句中的「華清池」是「華清宮」眾多溫泉浴池中的其中一個。「華清宮」是唐玄宗的離宮，裏面溫泉浴池眾多，北宋王讜的《唐語林．補遺一》就有記載：

> 華清宮……湯泉凡一十八所。第一即御湯……御湯西南，即妃子湯。

有溫泉，自然會有人興建浴池來浸泡泉水，**「湯」由此引申出新字義——溫泉浴池**。上文的「御湯」就是唐玄宗專屬的溫泉浴池——華清池；至於「妃子湯」，則是楊貴妃的專屬浴池。

*　　　　　　*　　　　　　*

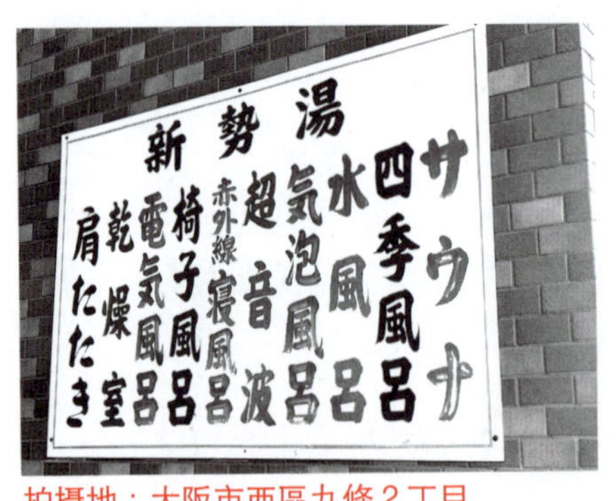

拍攝地：大阪市西區九條 2 丁目

「湯」這個字後來流傳到日本，同樣可以指熱水、溫泉，更多時候是指浴場或澡堂。譬如前文提到的「櫻湯」，是位於東京墨田區的澡堂、「萬盛湯」就是位於大阪西成區的澡堂，至於左圖的「新勢湯」，則是一間位於大阪九條車站附近的浴場。

*　　　　　　*　　　　　　*

「湯」既是可以飲用的開水，也是可以浸泡的溫泉，更是**混合不同食材煮成的飲料**。北宋朱彧（讀〔沃；yù；ㄩˋ〕）在《萍洲可談．卷一》提到：

湯取藥材甘香者屑之，或溫或涼，未有不用甘草者。

拍攝地：香港沙田大圍道

上文說明當時的「湯」是用甘草熬煮而成的飲料，有熱飲也有冷飲。時至今日，我們依然用「湯」來表示飲料，譬如涼茶鋪售賣的酸梅湯，正是用酸梅熬煮而成的飲料。

「湯」也可以指食物經烹煮後所得的汁液，或具有大量汁水的菜餚，**相當於我們說的「湯水」**，譬如「雞湯」、「豆腐湯」、還有筆者最愛的「番茄薯仔湯」。

延伸篇章

兩小兒辯鬥詰孔子

《列子·湯問》（節選）

摘要 孔子一向以學識豐富著稱，可是當遇上兩位正在為太陽位置而辯鬥的孩子時，卻難以判斷誰是誰非，因而被兩位孩子揶揄。

孔子東遊，見兩小兒辯鬥。問其故。

一兒曰：「我以日始出時去人近，而日中時遠也。」一兒以日初出遠，而日中時近也。

一兒曰：「日初出大如車蓋❶；及日中，則如盤❷盂（讀〔如〕）❸：此不為遠者小而近者大乎？」

一兒曰：「日初出滄（讀〔蒼〕）滄涼涼；及其日中如探湯：此不為近者熱而遠者涼乎？」

孔子不能決也。兩小兒笑曰：「孰（讀〔熟〕）為汝（讀〔宇〕）多知乎？」

注釋

❶車蓋：古代車子上用來遮雨蔽日的圓形傘蓋。
❷盤：用來盛載食物、類似碟子的圓口器皿。
❸盂：用來盛載湯漿或飯食的圓口器皿。

車蓋

盂

篇章理解

1. 請解釋下列**粗體文字**在文中的意思。（2 分）

   i. 我以日**始**出時去人近。　　**始**：________

   ii. **及**其日中如探湯。　　**及**：________

2. 將下列句子語譯成通順的語體文。（3 分）

   孰為汝多知乎？

   ____

3. 文中兩位孩子爭辯的內容是甚麼？請填寫下表。（3 分）

孩子	日出時……	中午時……
第一個	太陽距離人比較近。	i.
第二個	ii.	iii.

4. 承上題，兩位孩子各自從甚麼角度來解釋他們的看法？請加以說明。（6 分）

   i. **第一個孩子**的角度：太陽的________

   說明：________________________________

   ____

   ii. **第二個孩子**的角度：太陽的________

   說明：________________________________

   ____

17 川

字義流變：
河流→平地

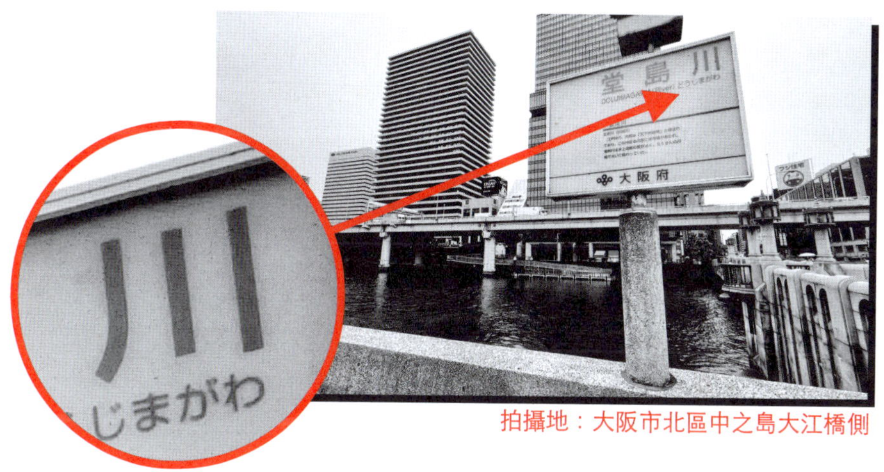

拍攝地：大阪市北區中之島大江橋側

大阪位處大阪灣東北，是「安治川」的出海口。安治川的源頭位於京都東北的「琵琶湖」：琵琶湖從南端的「瀨田川」出發，往大津市涓涓始流；進入京都後，稱為「宇治川」；向西南流到大阪境內後，稱為「淀川」（「淀」讀〔電；diàn；ㄉㄧㄢˋ〕）；淀川在「淀川河川公園」分出了向南流淌的一支，稱為「大川」。

當「大川」向西流到「中之島」時被一分為二：北者為「堂島川」（見上圖），南者為「土佐堀川」（見右圖）。中之島位處這兩川之間，故有着「中」之名；兩川離開中之島後，就會合為「安治川」，再向西南奔流，直出大阪灣。

流經中之島南面的「土佐堀川」

*　*　*

上文提到的「瀨田川」、「淀川」、「大川」、「堂島川」、「土佐堀川」、「安治川」等名字，當中的「川」就是「河流」。

左邊上、下兩圖都是「川」的甲骨文寫法，上圖所描繪的是一條河流：左、右兩條線是河岸，中間三點則模擬了水流之貌；後來為了書寫方便，先民就把這三點連成一線，逐漸演變成今天的「川」字。**「川」的本義是「河流」。**《論語・子罕》裏有這句：

子在川上，曰：「逝者如斯夫！不舍晝夜。」

孔子站在河邊（川上），目睹河水日夜流逝（不舍晝夜），猶如時光一去不返，因而心生感歎。

* * *

我們把焦點移回中土。中國古代有不少地方是以「川」來命名的。譬如在戰國時代，三晉之一的韓國設立了「三川郡」——由於「黃河」、「洛水」、「伊水」三條河流流經此地，故此有着「三川」之名。

既然提到「三川」，又豈能不說「四川」呢？很多人以為「四川」之得名，是因為「金沙江」、「雅礱江」（「礱」讀〔龍；lóng；ㄌㄨㄥˊ〕）、「岷江」（「岷」讀〔民；mín；ㄇㄧㄣˊ〕）和「嘉陵江」這四條主要河流流經此地，事實上並非如此。原來，「四川」的**「川」是指「平地」**。金朝人董解元《西廂記諸宮調・卷六》中有這句：

君不見，滿川紅葉，盡是離人眼中血！

句中的「川」解作「平地」，因為這一幕正在記述張君瑞與崔鶯鶯在路上道別，因此「滿川紅葉」實際上是指「滿地紅葉」。

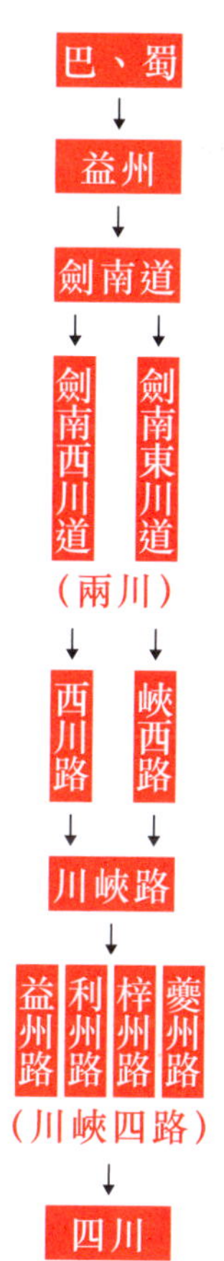

那麼，「四川」跟「平地」有着甚麼關係？我們看看左邊的演示圖：四川起初稱為「巴」、「蜀」，在東漢稱為「益州」，到唐朝稱為「劍南道」——「道」類似今天的「省」，「劍南」則是指「劍閣關以南」，是被羣山圍繞的一大片平地，即今天的「四川盆地」。

後來，「劍南道」被分為東、西兩部，人們於是因應該處地理環境，加上表示平地的「川」字，分別稱作「劍南西川道」和「劍南東川道」，合稱「兩川」。

到北宋初，「劍南西川道」和「劍南東川道」分別改稱為「西川路」及「峽西路」，後來合併為「川峽路」；到宋真宗時，「川峽路」被一分為四——益州路、利州路、梓州路（「梓」讀〔子；zǐ；ㄗˇ〕）、夔州路（「夔」讀〔葵；kuí；ㄎㄨㄟˊ〕），合稱「川峽四路」，簡稱「四川路」，「四川」之名就由此誕生了。

延伸篇章

陰陽失山川必有亂

《國語．周語上》（節選）

摘要 伯陽父認為國家滅亡，源於天地陰陽之氣失衡，看似玄之又玄，其實他是不是想暗示周幽王治國顛倒是非、處事不分輕重？

幽王二年，西周❶三川❷皆震。伯陽父（讀〔苦〕）❸曰：「周將亡矣！夫（讀〔符〕）天地之氣❹，不失其序；若過其序，民亂之也。陽伏而不能出，陰迫而不能烝（讀〔晶〕），于是有地震。今三川實震，是陽失其所而鎮陰也。陽失而在陰，川源必塞；源塞，國必亡。

夫（讀〔符〕）水土演❺而民用❻也。水土無所演，民乏財用，不亡何待？昔伊、洛竭而夏亡，河竭而商亡。今周德❼若二代之季矣，其川源又塞，塞必竭。夫國必依山川，山崩川竭，亡之徵也。川竭，山必崩，國亦必亡。」

是歲也，三川竭，岐（讀〔旗〕）山❽崩。十一年，幽王乃滅，周乃東遷。

注釋

❶西周：這裏指西周的都城鎬京。
❷三川，指鎬京附近的涇水、渭水、洛水三條河流。
❸伯陽父：周幽王時的太史，負責記載史事、編寫史書。
❹天地之氣：天地間的陰氣和陽氣，陰氣埋在低下，陽氣上升。
❺演：濕潤。
❻民用：百姓的財富。
❼德：這裏指國運。
❽岐山：位於今陝西省西南，是涇、渭、洛三條河流的源頭。

篇章理解

1. 請解釋下列**粗體文字**在文中的意思。（2 分）

   i. 陰迫而不能**烝**。　　**烝**：__________

   ii. 今周德若二代之**季**矣。　　**季**：__________

2. 將下列句子語譯成通順的語體文。（3 分）

   是歲也，三川竭，岐山崩。

   ____

3. 伯陽父憑甚麼推斷西周將會亡國？（1 分）
   ○ A. 都城附近的地震引發海嘯。
   ○ B. 都城附近的地震摧毀了都城。
   ○ C. 都城連日暴雨導致河水泛濫。
   ○ D. 都城附近河流源頭因地震而被堵塞。

4. 根據伯陽父有關亡國的推論，把字母填在括號內。（5 分）

   A. 發生地震　　B. 陽氣被鎮住
   C. 河流源頭被堵　　D. 百姓失去財富
   E. 河枯竭、山崩塌

   (　　) → (　　) → (　　) → (　　) → (　　)

5. 承上題，伯陽父提出甚麼事實來引證他的論述？（2 分）

   ____

6. 根據文章內容，判斷以下陳述。（2 分）

	正確	錯誤	無從判斷
i. 百姓作亂源於陰陽之氣失衡。	○	○	○
ii. 周幽王因忽視伯陽父的諫言而滅亡。	○	○	○

18 曜日

字義流變：

日光→日月五星→泛指星體

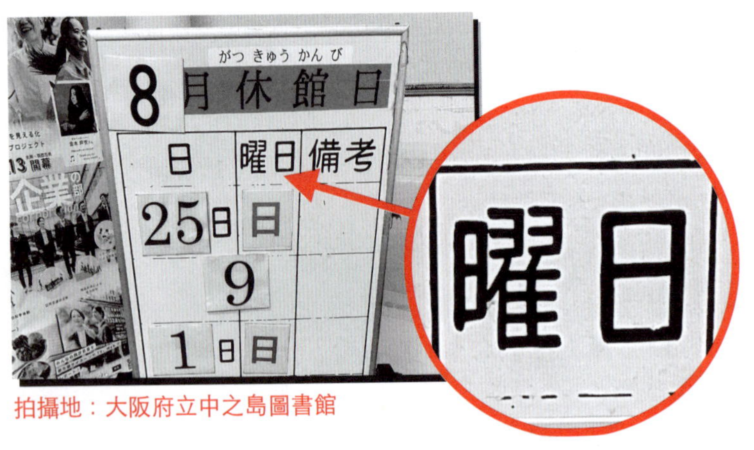

拍攝地：大阪府立中之島圖書館

「中之島」既是江戶時代的全國糧食集散地，也是大阪的政治及經濟中心。因此在這個蕞爾小島上，既矗立着美輪美奐的「日本銀行大阪支店」和「大阪市役所」，也有着洋溢濃濃古典文藝氣息的「大阪府立中之島圖書館」。

一走進圖書館，就看到標題寫着「8月休館日」的告示：原來8月休館日為 25 日，而「曜日」為「日」，即「星期日」休館。「曜日」相當於華人所用的「星期」或「禮拜」，普遍用於日、韓地區（韓文寫作「요일」）。原來，用作「紀日」（記錄日子）的「曜日」，是中土與西方文化的結合體。

* * *

「曜」，讀〔耀；yào；一ㄠˋ〕。《廣韻．笑韻》說：「曜，日光也。」**本義是「太陽光」。**同一個天空，白天，我們可以看到會放光的太陽；晚上，可以看到同樣會放光的月亮和星羣，故此「曜」後來引申出新字義——**太陽、月球、水星、金星、火星、木星和土星，都**

稱作「曜」，或合稱為「七曜」。在《後漢書．劉陶傳》中，太學生劉陶眼見外戚梁冀專權，加上饑荒連年，於是上書給漢桓帝。他這樣寫：

宜還本朝，挾輔王室，上齊七燿（曜），下鎮萬國。

劉陶希望桓帝可以讓被流放的賢臣朱穆與李膺返回朝廷（宜還本朝），肅清奸黨，讓天地重回正軌（上齊七燿，下鎮萬國）。這時的「曜」，還未曾作紀日之用。

* * *

利用日、月和五星來紀日的做法，是源於六千多年前、居住在美索不達米亞（Mesopotamia）的蘇美爾人（Sumerians）。他們認為人間由七位星神輪流值班，分別是：太陽神、月亮神、火星神、水星神、木星神、金星神、土星神，因而興建神塔，用來每天輪流膜拜一位星神，自此就建立了一套以七天為一「星期」的紀日制度。「星期」制後來被住在今天伊拉克中部城市希(Hillah)拉的古巴比倫人（Babylonians）繼承，繼而傳播到歐洲各地。

直到公元八世紀，西方世界的「星期」制才通過摩尼教、佛教等宗教傳入中原。唐肅宗時，來自北天竺的佛教沙門不空，把《文殊師利菩薩及諸仙所說吉凶時日善惡宿曜經》翻譯成漢文，當中提到**作紀日之用「七曜」：日曜、月曜、火曜、水曜、木曜、金曜、土曜**，相當於今天的星期日至星期六。內容如下：

夫七曜者，所謂日月五星下直（通「值」，當值）人間，一日一易（讀〔亦〕，解作「輪替」），七日周而復始。……尼乾子、末摩尼常以密日持齋，亦事此日為大日，此等事持不忘，故今列諸國人呼「七曜」如後。

文中的「持齋」即「齋戒」，「尼乾子」（即「耆那教」）、「末摩尼」（即「摩尼教」）把「密日」（即日曜日）視為齋戒「大日」，就好像天主教、基督教把「星期日」作為禮拜上帝之日。

* * *

在日本，「七曜日」有着不同的簡稱，譬如直接使用「日、月、火、水、木、金、土」，或者在後面加上「曜」字。（拍攝地：京都東九條東岩本町）

不久，「七曜日」流傳到日本，日本朝廷更據此頒佈了《具注曆》。不過，由於來自中土的干支紀日法已經深入民心，因此《具注曆》未能普及起來。直到十九世紀明治天皇登基後，為了與西方世界接軌，才強制全國推行**「七曜日」，即：日曜日、月曜日、火曜日、水曜日、木曜日、金曜日、土曜日**。

至於中原，「七曜日」同樣沒有被廣泛使用。直到清末光緒三十一年(1905年)，清廷「編譯圖書局」局長袁嘉穀才借鑒日本等地，改「曜日」為「星期」，採用「星期制」，即：星期日、星期一、星期二、星期三、星期四、星期五、星期六，並沿用至今。

延伸篇章

登高臺移鏡窺明月

清· 薛福成《出使英法義比四國日記 · 卷六》（節選）

摘要 清朝末年的薛福成曾擔任英、法、意、比四國公使，期間接觸了不少西方物質及精神文明，大大開拓了視野，也寫成了以下文章。

巴黎跨賽納江❶上，其北有「亞拍歲候佛篤壞讀〔懷〕爾」❷天文臺建焉讀〔言〕。余於昨夕，率使館❸各員往觀。

陟讀〔即〕一百數十級，遂登臺巔，有圓頂鐵室一大間，界以三百六十度，於子午❹圓處中豁讀〔括〕❺一線，闊約十度。如所窺諸曜，有不當❻隙者，僅一人手捩讀〔列〕❼機器，圓室自能旋轉讀〔鑽〕對準諸曜。

移鏡窺月，大於尋常所見者約數十倍。光所映處，紋如冰裂，分出無數塊壘讀〔裏〕❽，西人謂皆月面上山影也。至於沙磧讀〔即〕❾之痕，如大戈讀〔哥〕壁❾。惜月輪未滿，難窺全體耳。

注釋

❶賽納江：即塞納河（Seine）。
❷亞拍歲候佛篤壞爾：即天文臺之法語「Observatoire」的音譯。
❸使館：大使館。
❹子午：南北，古人以「子」為正北方，以「午」為正南方。
❺豁：開出。
❻當：在。
❼捩：轉動。
❽塊壘：堆積物。
❾沙磧：沙灘。
❿大戈壁：橫跨中國北部內蒙古與蒙古國南部的大片沙漠，這裏泛指大沙漠。

篇章理解

1. 請解釋下列**粗體文字**在文中的意思。（3 分）

   i. **率**使館各員往觀。　　**率**：________

   ii. **陟**一百數十級。　　**陟**：________

   iii. 移鏡**窺**月。　　**窺**：________

2. 請填寫下表，寫出有關天文臺上觀測室的資料。（4 分）

角度	描述
i. 地理位置	觀測室位處　　　　　的北部。
ii. 實際位置	在天文臺的　　　　　。
iii. 外形	觀測室有着　　　　　的屋頂。
iv. 材質	觀測室是用　　　　　建成。

3. 觀測室內的人員轉動觀測裝置的目的是甚麼？（3 分）

____

____

____

4. 作者從望遠鏡看到月球表面的事物，實際上是甚麼？（2 分）

   i. 堆積物：________________________；

   ii. 沙　灘：________________________。

19 扉

字義流變：

實體大門→事物出口

拍攝地：大阪市營地下鐵御堂筋線列車上

離開「中之島」後，筆者就漫步到淀屋橋站，乘搭地鐵前往通天閣遊覽參觀。在列車上，發現車門上安裝了一行指示燈。指示燈的左邊和右邊分別寫上「こちら側の扉が開きます」和「反対側の扉が開きます」兩句話。列車停定後，「反対側の扉が開きます」這句的燈亮起來，意指「對面的車門打開了」。

*　　　*　　　*

「扉」的本義是「門」。《說文解字》說：「扉，戶扇也。」「戶扇」即「門扇」，也就是「門」。「扉」字的部首是「戶」，但原來起初寫作「闝」，部首是「門」。「扉」的部首從「門」變為「戶」，估計是為了書寫方便，因為「門」有八畫，而「戶」只有四畫。那麼除了筆畫數，「門」和「戶」又有甚麼異同呢？

右圖分別是「戶」和「門」的甲骨文寫法，上者為「戶」，下者為「門」：「戶」跟「門」的左邊部件是一樣的，至於「門」的右邊部件，就是左右對調後的「戶」。「門」正是由兩個「戶」組成，故此《說文解字》說：「門……從二『戶』。」同時又說：「戶……半門曰『戶』。」可見，「戶」就是只有一道門扇的單扇門，而「門」就是有着兩道門扇的雙扇門。

*　*　*

「扉」字既從「門」部，亦從「戶」部，到底是單扇門還是雙扇門，就要視乎句意而定。

文天祥兵敗後，蒙古人把他押解到首都大都（即今北京），並把他囚禁在一間用泥土堆砌成的囚室裏。在囚禁期間，文天祥撰寫〈正氣歌〉以表心跡，並在詩歌序言描述了囚室的裝潢和環境：

單扉低小，白間短窄，污下而幽暗。

「單扉」即單扇門，「單扉低小」就是說囚室的單扇門矮小狹窄；「白間」（讀〔艱；jiān；ㄐㄧㄢ〕）即窗戶，「白間短窄」就是說囚室的窗戶短小狹窄。採光、通風不足，故此囚室的環境骯髒、低窪、昏暗（污下而幽暗）。

漢代組詩《古詩十九首》裏有一首較為冷門的作品，名叫〈凜凜歲雲暮〉，詩歌末句這樣寫：

徙倚懷感傷，垂涕沾雙扉。

「徙倚」解作「徘徊」。詩歌的主角是一位婦人，其丈夫出遠門，卻久久沒有歸來，因此女主角只好在家門徘徊，懷着傷痛，流淚痛哭。女主角淚如泉湧，結果把家中的雙扇門（雙扉）也沾濕了。

*　　　　　*　　　　　*

話說回來，「扉」字傳入日本後，其本義（門）能夠被保留下來。除了在列車上，不少地方也可以見到它的蹤影，譬如建築物的緊急逃生門、車站入閘機的閘門等。

「非常口扉」就是「緊急出口逃生門」。（拍攝地：京都鐵道博物館）

「扉」也可以用於入閘機的門閘。（拍攝地：大阪地鐵中央線九條站）

至於在華人地區，「扉」已經甚少指實體的門，反而多用於抽象的事物，譬如「心扉」一詞，字面解作「可以打開或關閉，讓別人知道自己情感的門戶」，實際上就是指「內心」。

書本左邊是封面內頁，右邊只印上書名和作者名的就是「扉頁」。（圖片來源：筆者其他著作）

另外，由於揭書的動作與開門相似，故此人們**把揭開書刊封面後看到的第一頁稱為「書扉」或「扉頁」**。由於這一頁一般只印有書名及作者名稱，甚至不印文字而留白，因此當作者給他人贈書留念時，多數會利用扉頁來題字或簽名。

延伸篇章

西洋鐘自鳴聲色全

清·沈初《西清筆記·紀庶品》（節選）

摘要 清朝是與西洋文化交集的重要時期，不少西洋新事物東來，譬如能夠自行響鬧的自鳴鐘，因而引起不少人的好奇心。

內府❶一自鳴鐘❷，下一格有銅人，長四五寸許，屈一足跪，前承以沙盤。鐘鳴時，銅人手執管，於盤中劃沙，作「天下太平」字。鐘響寂，則書竟矣。

昔在閩〔讀〔敏〕〕❸見一鐘，上一格兩扉常闔〔讀〔合〕〕，至交初正時❹，內有銅人兩手啟扉，轉身，於架上取槌〔讀〔除〕〕擊鐘。如數❺畢，置槌於架，兩手闔扉。

又有銅人高數尺，如十三四丫頭，面粉衣繒〔讀〔憎〕〕，前置洋琴。啟銅人鑰〔讀〔若〕〕❻，則兩手起，執棰〔讀〔除〕〕❼擊琴，左右高下，其聲抑揚頓挫合節❽。頭容、目光皆能運轉〔讀〔zyun2〕〕，助其姿致❾。鼓畢，則置棰於琴，兩手下垂矣。

西洋工匠之巧如此。

注釋

❶內府：清朝「內務府」的簡稱，是管理皇室大小事務的機構。
❷自鳴鐘：一種能夠自行響鬧報時的鐘。
❸閩：福建的簡稱。
❹交初正時：這裏是指每個小時的整點（即某時零分）。
❺如數：這裏是指與時間對應的敲鐘次數。
❻鑰：啟動機械運作的機關。
❼棰：槌子、棍棒之類的東西。
❽抑揚頓挫合節：指聲音的高低轉折富於變化，節奏分明。
❾致：美態。

篇章理解

1. 請解釋下列**粗體文字**在文中的意思。（2 分）

   i. 長四五寸**許**。　　　　許：________

   ii. 鐘鳴時，銅人手執**管**。　　　　管：________

2. 文中第一臺時鐘是怎樣報時的？（2 分）

   ①在沙粒上寫字　　②用槌子敲琴鍵
   ③銅人屈膝跪地　　④自行發出聲響

   ○ A. ①②　　○ B. ①④
   ○ C. ③④　　○ D. ①③④

3. 文中第二臺時鐘響鬧時，裏面的銅人有甚麼變化？（2 分）

   ____

   ____

4. 人們可以怎樣通過第二臺時鐘來知道實際時間？（1 分）

   ____

5. 第三段從哪些範疇來描寫銅人？（2 分）

   ①衣着　②動作　③年齡　④高度　⑤聲音

   ○ A. ①②　　○ B. ①②④
   ○ C. ①③⑤　　○ D. ①②④⑤

6. 對於文中的時鐘和銅製人偶，作者給予了甚麼評價？請摘錄相關句子。（1 分）

   ____

20 芥

字義流變：

芥菜→芥末→小草→卑微之物

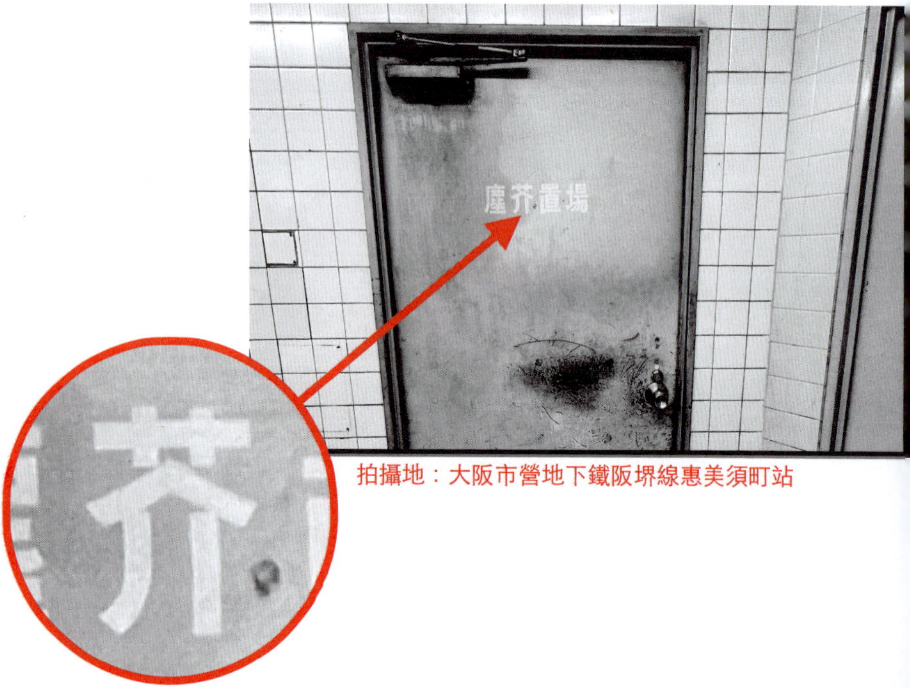

拍攝地：大阪市營地下鐵阪堺線惠美須町站

地鐵列車抵達惠美須町站後，就沿着車站的地下通道，前往通天塔一帶。就在離開車站前，竟發現通道旁邊有一道門，門上印上「塵芥置場」四字。「置場」就是「放置的場所」，相當於「儲存室」；那麼「塵芥」又是甚麼呢？

「塵」就是「塵土」，從「土」部，說明「塵」本來就是「沙土」一類的污垢物。到了這裏，「塵芥置場」的意思已經呼之欲出了，就是「塵土儲存室」，相當於「垃圾房」。那麼為甚麼「芥」會跟垃圾拉上關係呢？

*　　　　*　　　　*

芥，本義是芥菜。芥菜的食用用途廣泛，可以熱炒、煮湯，還可以製成不同種類的醃菜：「皺葉芥菜」可以醃製成「雪菜」，「莖用芥菜」則可以醃製成「榨菜」。芥菜的種子可以磨成呈黑色、褐色或黃色粉狀的芥末，在古代稱為「芥」。早在先秦時代，古人就已經食用芥末了。《禮記．內則》就有相關記載：

膾，春用葱，秋用芥。

「膾」（讀〔繪；kuài；ㄎㄨㄞˋ〕）是細切的生魚肉，相當於今天的「魚生」。根據上文，古人進食「膾」時，會因應不同的季節配上不同的調味料，藉此去腥和殺菌：在春天，會拌着葱來吃；在秋天，則會拌着芥末來吃。

*　　*　　*

此外，**「芥」也可以解作「小草」。**小草有多個別稱，西漢人揚雄撰寫的《方言．第三》這樣說：

蘇，芥，草也。江、淮、南楚之間曰「蘇」，自關而西或曰「草」，或曰「芥」。

長江、淮河、楚地南部一帶，人們稱小草作「蘇」；函谷關以西地區，有些人稱作「草」，也有些人稱作「芥」。但無論叫法如何，小草到底不像挺拔的樹木那樣讓人敬重，也不像嬌豔的花朵那樣讓人喜歡；它只如塵土般卑微，即使丟棄了也不會讓人感到可惜，故此**「芥」也可以用來比喻地位卑微的事物。**

根據《左傳．哀公元年》記載，吳王闔閭（讀〔合雷；hélǘ；ㄏㄜˊㄌㄩˊ〕）遊說陳懷公出兵，協助自己攻打楚國。陳懷公拿不定主意，於是徵求一眾臣子的意見。大夫逢滑進諫說：

以民為土芥，是其禍也。

逢滑認為，吳王殘暴，一向把百姓視作卑微的塵土和小草（以民為土芥），早已導致民怨四起；陳國如果還協助它攻打楚國，那只會招惹更大的禍患上身。

草、芥既同指一物，故此可配成**「草芥」一詞，同樣指小草，同樣可以比喻卑微的事物。**《舊唐書·倪若水列傳》中有這句：

草芥賤命，常欲殺身以効忠。

汴州（「汴」讀〔辨；biàn；ㄅㄧㄢˋ〕）刺史倪若水（「倪」讀〔危；ní；ㄋㄧˊ〕）曾上書給唐玄宗，藉此表明心跡：自己的性命雖如小草般卑微（草芥賤命），卻經常希望可以犧牲性命（常欲殺身），來為唐玄宗竭盡忠誠。

本文一開始就提到，「塵」即「塵土」，故此**「塵芥」就是塵土和小草，可以用來比喻地位卑微，後來更直指廢棄之物，相當於「垃圾」。**故此我們可以更加肯定，地鐵站裏的「塵芥置場」就是「垃圾房」了。

延伸篇章

背祖先諸侯棄國土

北宋·蘇洵〈六國論〉（節選）

摘要 戰國時代，不少諸侯國國君甘願把土地奉獻給秦國，為的只是換來秦國的撤兵，可是貪如虎狼的秦國，真的會如諸侯所願嗎？

秦以攻取之外，小則獲邑（讀〔泣〕），大則得城❶，較秦之所得，與戰勝而得者，其實百倍；諸侯之所亡❷，與戰敗而亡者，其實亦百倍。則秦之所大欲，諸侯之所大患，固不在戰矣。

思厥先祖父❸，暴霜露，斬荊棘（讀〔京激〕）❹，以有尺寸之地。子孫視之不甚惜，舉以予人，如棄草芥。今日割五城，明日割十城，然後得一夕安寢。起視四境，而秦兵又至矣。

然則諸侯之地有限，暴秦之欲無厭❺，奉之彌（讀〔尼〕）繁，侵之愈急，故不戰而強弱勝負已判矣。至於顛覆❻，理固宜然。古人云：「以地事秦，猶抱薪救火，薪不盡，火不滅。」此言得❼之。

注釋

❶小則獲邑，大則得城：這是說諸侯奉獻土地，秦國因而得到大城和小鎮。
❷亡：喪失。
❸先祖父：先，對去世長輩的尊稱；祖父，祖輩和父輩，泛指祖先。
❹荊棘：本指山野中叢生多刺的灌木，這裏比喻荒蕪的地方。
❺厭：通「饜」，滿足。
❻顛覆：滅亡。
❼得：這裏解作「說中」。

篇章理解

1. 請解釋下列**粗體文字**在文中的意思。（2 分）

   i. 奉之**彌**繁，侵之愈急。 **彌**：________

   ii. 然後得一夕安**寢**。 **寢**：________

2. 第一段末，作者說「諸侯之所大患，固不在戰矣」，那麼諸侯真正擔心的是甚麼？當中原因是甚麼？請加以說明。（4 分）

   i. 擔心：________；

   ii. 說明：________

3. 文中哪兩句說明諸侯不珍惜土地？請略作說明。（3 分）

   i. 句子：________，________。

   ii. 說明：________

4. 下列文中句子運用了哪些寫作手法？（4 分）

句子	比喻	引用	對比	誇張
i. 較秦之所得，與戰勝而得者……	○	○	○	○
ii. 暴霜露，斬荊棘，以有尺寸之地。	○	○	○	○
iii. 古人云：「以地事秦……」	○	○	○	○
iv. 以地事秦，猶抱薪救火。	○	○	○	○

拍攝地：大阪市浪速區惠美須東 3 丁目

離開大阪地鐵惠美須町站後，繼續向南走，就可以看到直通天際的「通天閣」。通天閣附近有着許多店鋪：食肆、藥局、澡堂，還有「射的店」——顧客用氣槍射向店家預先放好的物品，如果射中，店家就會根據物品大小或位置遠近，給予不同的獎勵。

很明顯，「射」就是「射擊」，那麼「的」又是甚麼意思？

* * *

「的」起初寫作「旳」，部首是「日」，《說文解字 · 日部》提到：「旳，明也。」**「旳」、「的」本來是指「明顯」、「清楚」**，大概是因為白日之下，萬事萬物都看得清楚、明顯吧；如果事物十分清楚、明顯，很自然成為捕獲或射擊的目標。大抵如此，**「的」就引申出新的字義——目標、靶心**。

漢末，曹植寫了一首名叫〈白馬篇〉的五言古詩。詩歌記述一位遊俠少年渴望遠赴邊疆，上陣殺敵，當中有這兩句：

控弦破左的，右發摧月支。

遊俠少年一邊騎馬一邊練箭：只需拉拉弓，就可以用箭射穿左邊的箭靶（控弦破左的）；他繼而向右邊發箭，並射穿了「月支」——一種箭靶的名稱（右發摧月支），足見少年的箭術高超。

*　　*　　*

「射」即發射，「的」是靶心，**「射的」就是「射向靶心」**。根據《韓非子・內儲說上》記載，戰國時代魏國的李悝（讀〔灰；kuī；ㄎㄨㄟ〕）在擔任上地郡太守期間，為了提升百姓的射藝，以抵抗外敵，於是下令說：

人之有狐疑之訟者，令之射的，中之者勝，不中者負。

李悝下令，當遇上有爭議的案件時，官府可要求控辯雙方進行「射靶」（射的）對決：射中靶心的就判勝訴，否則就判敗訴。

以射中靶心與否作為判案理據，固然是荒謬；可是，射中靶心與否，又的確與射藝高低有關，更可以藉此考驗專注力、忍耐力、執行力。故此，周朝在開國之初就制定「射禮」——一種帶有禮儀性質的射箭比賽，以「射」為名，以「禮」為實，是祭祀、朝拜、會盟等場合必有活動。「射禮」分大射、賓射、燕射、鄉射四種，當中以「大射」為最高級別。

「大射」是天子為揀選祭祀參與者而舉行的射箭比賽，同時是天子揀選諸侯的測試。《禮記・射義》這樣解釋：

天子之「大射」謂之「射侯」；射侯者，射為諸侯也。射中則得為諸侯；射不中則不得為諸侯。

「大射」又叫做「射侯」。所謂「射侯」，就是通過射箭比賽來揀選諸侯（射為諸侯）。如果射中靶心，就能初步證明候選人具備專注力、忍耐力、執行力等能力，能夠成為諸侯，管治一國。

*　　*　　*

「射禮」後來流傳到平安時代（794 至 1185年）的日本：每年的正月十七日，天皇會集合一眾皇子與大臣，在平安宮內進行「射禮」儀式。儀式結束後，天皇還會設宴，並發放俸祿，藉此鼓勵有份參與的人。

在「射禮」後的第二天，即正月十八日，還會舉行「賭射」活動，參加者多為貴族。顧名思義，「賭射」含有博彩成分，勝出者會得到獎金，落敗的就要罰酒，天皇更會派人觀賽。「右大臣」藤原實資在日記《小右記》裏這樣寫：

> 正月十八日……賭射不參，左方膝痛，進退非例。

原來在萬壽四年（1027年）正月十八日這天，藤原實資的左膝疼痛（左方膝痛），活動不及平日自如（進退非例），因而不能參加賭射（賭射不參）。

在大阪，「射的店」可謂比比皆是。
（拍攝地：大阪市惠美須東 3 丁目）

「賭射」這種有獎遊戲後來流傳到民間，一般在祭典現場或市集等地舉行。直到近代，**人們才漸漸用氣槍代替弓箭，以軟木子彈射擊玩偶、玩具等物品，並稱為「射的」**。時至今日，在日本各地商店街、旅遊景點、溫泉區等地，都可以見到「射的店」的蹤影。

延伸篇章

負榮辱后羿不中的

《太平御覽．工藝部二．射中》（節選）

摘要 后羿射日，百發百中，不過這次在夏王的要求下，卻是一發不中，夏王大惑不解，傅彌仁卻明白當中原因。

夏王❶使羿讀〔藝〕射於方尺之皮❷、徑寸之的，乃命羿曰：「子射之，中則賞子以萬金之費，不中則削子以十邑之地。」

羿容無定色，氣戰❸於胸中，乃援弓而射之，不中，更射之，又不中。

夏王謂傅彌仁讀〔父尼人〕❹曰：「斯羿也，發無不中，而與之賞罰則不中的者，何也？」

傅彌仁曰：「若羿也，喜懼為之災，萬金為之患矣。人能遺讀〔圍〕其喜懼，去其萬金，則天下之人皆不愧於羿❺矣。」

夏王曰：「人聞子之言，始得無欲❻之道。」

注釋

❶夏王：這裏是指夏朝的第三任君主太康。
❷方尺之皮：長闊各為一尺的皮造箭靶。皮，這裏指皮造箭靶。
❸戰：顫抖。
❹傅彌仁：傅，官名，國君的老師；彌仁是這位官員的名字。
❺不愧於羿：這裏是指箭術高明，不用在后羿面前感到羞愧。
❻無欲：這裏是指如果沒有私慾的負擔，做事就會順暢得多。

篇章理解

1. 請解釋下列**粗體文字**在文中的意思。（2 分）

   i. 羿容無**定**色。　　**定**：________

   ii. 人能**遺**其喜懼。　　**遺**：________

2. 將下列句子語譯成通順的語體文。（3 分）

   斯羿也，發無不中，而與之賞罰則不中的者，何也？

   ____

3. 夏王要求后羿做甚麼事情？做到與否又有甚麼獎懲？（4 分）

   i. 事　情：________

   ii. 做　到：________

   iii. 做不到：________

4. 承上題，后羿做到上述事情嗎？請加以說明。（2 分）傅彌仁認為當中的原因是甚麼？（3 分）

   i. 后　羿 ________

   ____

   ii. 傅彌仁 ________

   ____

5. 夏王口中的「無欲之道」指的是甚麼？（1 分）
   ○ A. 人不要存有任何慾望。
   ○ B. 人不要借射箭來求取名利。
   ○ C. 人要以平常心看待勝負榮辱。
   ○ D. 人不要為自己的技藝求取進步。

22 質

字義流變：

財物抵押→人事擔保→當上人質

拍攝地：東京都千代田區神保町 2 丁目

上一篇提到「射的」店，接下來會繼續介紹一些在日本發現到的有趣店舖。相信不少讀者都會在街上看到「質店」這兩個字。當看到這個「質」字時，大家會怎樣讀出來？應該是讀〔鑕 zat1〕吧？原來，〔鑕 zat1〕只是「質」後起的讀法，它本來讀〔志；zhì；ㄓˋ〕，那麼其本義又是甚麼呢？

*　　　　*　　　　*

「質」從「貝」部，「貝」的本義是「貝殼」。由於貝殼（尤其是海貝）多見於海邊，對於居於內陸的中原人來說相對罕有，先民於是以海貝用作貨幣來交易，當時稱為「貝幣」。後來人們以「貝」為部首，並創造不少與「貝」有關的字，字義多與貨幣、錢財、貿易有關，譬如：財、貨、買、賣、貪、貧……以「貝」為部首的「質」亦與此有關。《說文解字．貝部》云：

質，以物相贅。

句中的「贅」讀〔罪；zhuì；ㄓㄨㄟˋ〕，解作「抵押」。換言之，**「質」本指「抵押」，即以財物作擔保，相當於今天的「典當」**。清朝人朱彝尊（「彝」讀〔宜；yí；ㄧˊ〕）寫了一首名為〈蠶婦謠〉的詩歌，其中兩句這樣說：

衣釵質錢買桑葉，只論有葉不論價。

蠶蟲是靠吃桑樹的葉子長大，才能吐絲結繭。詩中的養蠶婦買不起桑葉，自然養不起蠶蟲，更遑論取絲賺錢了。養蠶婦只好把衣服和髮釵典當來換取金錢（衣釵質錢），然後購買桑葉；而且即使桑葉再昂貴，也只能忍痛購買，故此詩人說她「只論有葉不論價」。

有時「質店」會以一個「質」來標示，情況就好像香港用一個「押」字來標示當鋪。（拍攝地：埼玉縣春日部市中央1丁目）

所謂「典當」，跟一般買賣不同，典當者要把財物抵押給對方，藉此換取金錢。典當者必須在限期前用錢贖回抵押品，否則抵押品會被沒收。

典當行業自古有之，而經營典當業務的店鋪，在香港叫做「當鋪」，在內地稱為「典當行」；在古代則有着不同的名稱，譬如：典鋪、解鋪、抵當所等，而以「質」為名的則有「質庫」。南宋人吳曾在《能改齋漫錄・卷二事始》裏說：

江北人謂以物質錢為「解庫」，江南人謂為「質庫」。

換言之，前頁圖片中的**日本的「質店」應當是從江南的「質庫」一詞演變而來，同樣是指經營典當業務的店鋪，也就是當鋪了**。

* * *

既然衣服髮飾能夠抵押，那麼人一樣可以，故此**「質」也可以指以人作為擔保**。北魏時期，徐州刺史薛虎子曾撰寫〈上疏請寬省徵調〉一文，文中提到：

> 或有貨易田宅，質妻賣子，呻吟道路，不可忍聞。

薛虎子得知百姓生活困苦，要麼變賣田地住宅，要麼以妻子兒女作為抵押品（質妻賣子），藉此換取金錢，繳交重稅。薛虎子不忍心民怨載道，因而呈上這則奏疏，請求孝武帝寬減稅項。

有時，以人為質，不是為了換取金錢，而是為了國家的安危。**「質」字的另一個意思是「做人質」**——古代兩國交往，一般會互派太子或宗室子弟作為「質子」（人質），留居對方國內，以作為互不侵犯的擔保。《戰國策・魏策二》與《韓非子・內儲說上》都有提到「龐恭與太子質於邯鄲」（《戰國策》作「龐葱」）一事，就是說魏國大臣龐恭陪同太子，前往趙國首都邯鄲做人質。

有時候有求於他國，也需要交出人質來作為抵押。根據《戰國策・趙策四》記載，秦國出兵攻趙，趙國向齊國求援，齊國同意出兵，但條件是要把趙國公子「長安君」送到齊國做人質。

長安君是趙太后的愛子，趙太后自然不肯放人，左師觸龍於是遊說趙太后，陳以利弊，表示讓長安君到齊國做人質，是救國、立功的好機會，希望趙太后可以為長安君的前途和名譽着想。趙太后思前想後，最終答應觸龍的要求，讓長安君到齊國做人質，結果齊國真的出兵援救趙國了。

延伸篇章

秦穆公俘虜晉惠公

據西漢・司馬遷《史記・秦本紀》略作改寫

摘要 晉國遇上饑荒，秦國行義，借出糧食。第二年，到秦國發生饑荒，晉惠公不但不借糧報恩，反而趁機攻打秦國，結果得到報應了……

秦繆（讀〔木〕）公❶十五年，晉惠公興兵將攻秦。繆公發兵，使丕豹將，自往擊之。九月壬戌，繆公與惠公合戰於韓地。惠公棄其軍，與秦爭利，還而馬騺（讀〔至〕）❷。繆公與麾（讀〔輝〕）下❸馳追之，不能得惠公，反為晉軍所圍。

晉擊繆公，繆公傷。於是岐（讀〔字〕）下食（讀〔字〕）善馬者三百人❹馳冒晉軍，晉軍解圍，遂脫繆公而反生得惠公。於是繆公虜惠公以歸，令於國：「吾將以晉君祠（讀〔詞〕）上帝。」周天子聞之，曰：「晉我同姓。」為請惠公。惠公姊亦為繆公夫人，夫人聞之，乃衰絰（讀〔摧秩〕）❺跣（讀〔癬〕）❻，曰：「妾兄弟不能相救，以辱君命。」繆公曰：「我得晉君以為功，今天子為請，夫人是憂。」

乃與惠公盟，許歸之，更舍（讀〔瀉〕）上舍，而饋（讀〔櫃〕）之七牢❼。十一月，歸惠公，惠公獻其河西地，使太子圉（讀〔宇〕）為質於秦。

注釋

❶秦繆公：即秦穆公。

❷騺：馬匹陷入泥沼中，不能移動。

❸麾下：部下。

❹食善馬者三百人：有三百個人不慎吃掉秦穆公的好馬的肉，秦穆公不但沒有懲罰他們，反而賜予他們馬肉和美酒。食，這裏讀〔字〕，指給予食物。

❺衰絰：麻布做的喪服。

❻跣：赤腳。

❼牢：祭祀用的牛、羊、豬各一頭，為之一「牢」。

篇章理解

1. 請解釋下列**粗體文字**在文中的意思。（2 分）

i. 反**為**晉軍所圍。 **為**：________

ii. 吾將以晉君**祠**上帝。 **祠**：________

2. 下列哪一項有關晉惠公的描述是**錯誤**的？（1分）

○ A. 在秦國當上人質。 ○ B. 最終跟秦繆公結盟。

○ C. 是秦繆公夫人的弟弟。 ○ D. 為利益置軍隊於不顧。

3. 你認為文中的三百位岐下人為何會替秦繆公解圍？（2 分）

____

____

4. 哪些人曾替晉惠公求情，他們的理由又是甚麼？（3 分）

求情者	理由
i.	
ii.	不能營救自己的兄弟，還要讓他被自己的夫君誅殺，是有辱夫君的名聲。

5. 秦繆公決定不殺晉惠公，後來又怎樣款待他？（2 分）

i. ________；

ii. ________。

6. 晉惠公怎樣報答秦繆公的不殺之恩？（2 分）

i. ________；

ii. ________。

23 塾

字義流變：

宮門兩側房舍→私辦學校

拍攝地：滋賀縣大津市浜町

走上日本街頭，都總會看到冠以「塾」、「學塾」等字眼的店舖招牌，有時還輔以「教室」、「學習」等字詞。很明顯，「塾」就是「補習中心」、「專門學校」之類的店舖。那麼，「塾」字背後的故事到底是怎樣的？

*　　　　*　　　　*

「塾」讀〔熟；shú；ㄕㄨˊ〕，本來是指大門東、西兩側的廳堂或房舍。西晉人崔豹在《古今注・都邑》裏解釋說：

塾，門外之舍也。臣來朝君，至門外當就舍，更詳熟所應對之事也。塾之言，熟也。

每當來到王宮，臣子都會先到宮門外兩側的房舍裏，一邊等候國君上朝，一邊熟讀稍後在朝會上向國君匯報的事情。可見，這間房舍之所以叫做「塾」，就是因為要「熟」練應對國君的言辭，同時因為古代房舍多以泥土興建，故此先民轉「火」為「土」，創造出「塾」這個新字，真的不得不稱讚古人造字的智慧與靈巧！

* * *

也許「塾」起初就是讓臣子練習應對國君之辭，有學習、練習的意味，所以「塾」的功能就出現變化，漸漸與教育拉上了關係。《禮記·學記》這樣說：

家有塾，黨有庠，術有序，國有學。

周朝在全國各地設立學校：每五百家（黨）就設立「庠」（讀〔詳；xiáng；ㄒㄧㄤˊ〕），每一千家（術）就設立「序」，在國都（國）裏設立「學」，學校規模大小是按地方級別高低而定的。當中「庠」、「序」、「學」都是官辦學校，並非人人都可以入讀。那麼不能入讀官辦學校的，或者想在入讀官辦學校前修讀「預備班」的，又有甚麼學習途徑呢？就是入讀私辦學校了。

上文「家有塾」直接點明了「塾」的另一個意思：**私辦學校，因此又叫做「私塾」，相當於「私人教室」**。「私塾」的設立，就是為了方便不能在官辦學校讀書的人。正如「家有塾」這句所言，「塾」可在家中設立。在《紅樓夢·第七回》裏，賈寶玉與姪子秦鐘談到讀書事情，秦鐘表示因為老師辭職不幹，加上父親殘疾在身，遲遲未能找到新老師，因而只好「在家溫習舊課」。寶玉知道了，於是向秦鐘提議說：

我們家卻有個家塾，合族中有不能延師的便可入塾讀書，親戚子弟可以附讀。今日回去，何不稟明，就在我們這敝塾中來？我也相伴，彼此有益，豈不是好事？

秦鐘最終在第八回前往賈寶玉的家塾，與寶玉一起讀書。

「塾」也可以在家以外的其他地方設立，例如鄉村。北宋詩人王禹偁（「禹偁」讀〔宇清；yǔ chēng；ㄩˇ ㄔㄥ〕）出身清寒，從小發憤求學。他三十四歲時被召入京，擔任右拾遺、直史館等官職，因而撰寫了《謝除右拾遺直史館啟》，藉此感謝聖恩。文章一開始，王禹偁就如實講述自己兒時的經歷：

門第本寒，才華不秀。鄉庠里塾，從師而才識姓名；畫地書空，力學而稍通經史。

王禹偁表示兒時在鄉村（鄉里）的私塾跟隨老師讀過一點書，只是學會了寫自己的名字，即使再勤力學習，也是稍為明白儒經、史書的內容，從中可以得知王禹偁的謙虛穩重。

從「識姓名」、「畫地書空」、「稍通經史」等句，我們就可以對私塾的教授內容略知一二。私塾的教材一般是《三字經》、《百家姓》、《千字文》、《弟子規》等蒙養教本，以識字為主，繼而加入「四書五經」等典籍，進一步教授不同範疇的知識。

* * *

圖中的「數理塾」，就是指專門給準備應考大學入學試的學生教授數學和理科的私人教室。
（拍攝地：香川縣丸龜市濱町）

如果說，「庠」、「序」、「學」等類似今天的傳統學校，那麼「塾」就是補習社了。文章開首圖片中的「學塾」，這名稱在中原早已有之，其實就是「私塾」。時移世易，不論是日本的「塾」、「學塾」也好，香港的「補習社」也罷，所教的都幾乎不是啟發孩子的蒙養教材，而是以功課、考試為主導了。

不過也有例外。有次，在津山市的橫街窄巷漫遊時，發現了一家名叫「ファーストメイト學習塾」的另類私人教室。「ファーストメイト」是「First Mate」的音譯，意指第一副船長。學校名牌下方還寫上「情操教育」，估計這家學習塾

拍攝地：岡山縣津山市山下

就是把自己視為第一副船長，與船長（學生）衝破人生遇到的風浪——教導學生怎樣培養豐富而健康的情緒，對於今天學習壓力過大的學生來說，這的確是不可多得的學習場所。

延伸篇章

秦邦業薦子入賈家

據清·曹雪芹《紅樓夢·第八回》略作改寫

摘要 秦鐘一直找不到新的私塾老師，恰巧賈寶玉邀請他到家中私塾一起讀書。秦鐘的父親秦邦業知道了，自然十分高興，可惜……

秦邦業現任營繕司郎中❶，年近七旬（讀〔巡〕），夫人早亡，便向養生堂❷抱了一個女兒，小名叫做可兒❸，因素與賈家有些瓜葛（讀〔割〕）❹，故結了親。

秦邦業卻於五十三歲上得了秦鐘，今年十二歲了。因去歲業師❺回南，在家溫習舊課，正要與賈親家商議，附往他家塾中去。可巧遇見寶玉這個機會，又知賈家塾中司塾的乃現今之老儒賈代儒，秦鐘此去，可望學業進益，從此成名，因十分喜悅。只是宦（讀〔幻〕）囊羞澀（讀〔圾〕）❻，少了拿不出來，因是兒子的終身大事所關，說不得東拼西湊，恭恭敬敬封了二十四兩贄（讀〔至〕）見禮❼，帶了秦鐘，到代儒家來拜見，然後聽寶玉揀的好日子一同入塾。

注釋

❶營繕司郎：官職名稱，負責宮廷、皇家陵墓的營建等事務。
❷養生堂：明、清時代類似孤兒院的機構。
❸可兒：即秦可卿，是賈家長孫賈蓉的妻子。
❹瓜葛：牽連、關係。
❺業師：授業的老師。
❻宦囊羞澀：指當官俸祿不多，因而手頭拮据。
❼贄見禮：見面禮。

篇章理解

1. 請解釋下列**粗體文字**在文中的意思。（2 分）

i. 年近七**旬**，夫人早亡。 **旬**：________

ii. 又知賈家塾中**司**塾的…… **司**：________

2. 將下列句子語譯成通順的語體文。（3 分）

秦鐘此去，可望學業進益，從此成名。

____

3. 下列哪一項有關秦邦業家庭狀況的描述是**正確**的？（1 分）

A. 秦邦業的兒子本是孤兒。
B. 秦邦業的女兒是親生的。
C. 秦邦業的女兒嫁入了賈家。
D. 秦邦業與夫人及女兒同住。

A	B	C	D
○	○	○	○

4. 為甚麼秦邦業要送秦鐘到賈家的私塾？（2 分）

①秦鐘的老師辭職了。
②秦鐘的老師教得不好。
③賈家的老師十分有名。
④賈家的老師是秦邦業的朋友。

○ A. ①③ ○ B. ①④
○ C. ②③ ○ D. ②④

5. 秦邦業打算讓秦鐘到賈家讀書，卻遇到甚麼困難？他是如何解決這個困難的？（4分）

i. 困難：________________________

ii. 解決：________________________

陰、陽

字義流變：

南北山坡→地名用字

拍攝地：京都府京都市京都驛

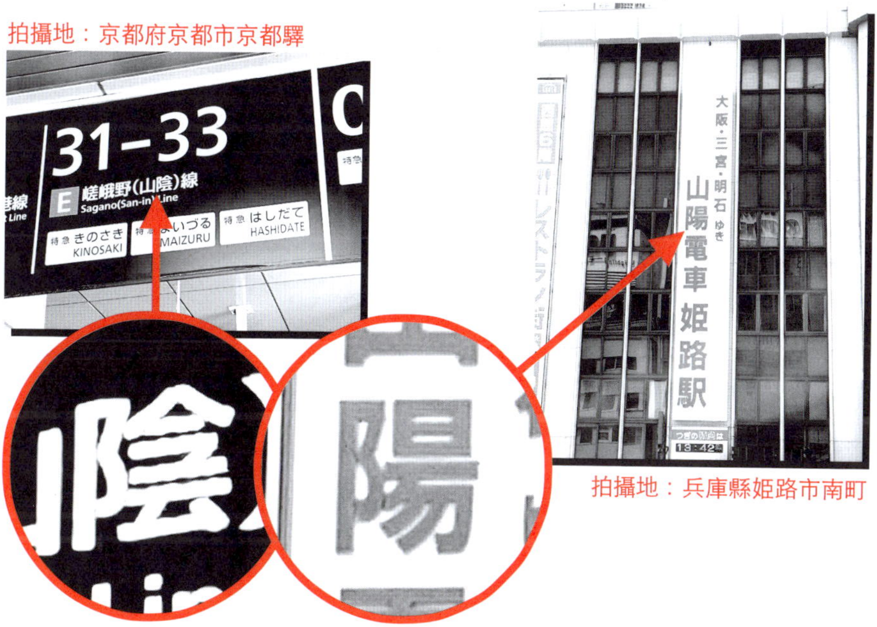

拍攝地：兵庫縣姬路市南町

如果讀者是鐵路迷，那麼相信對「山陰本線」和「山陽電車」都不陌生了。當大家聽到「陰」、「陽」二字時，也許會馬上聯想到「五行」、「八卦」等風水術語。其實，這兩個字起初與迷信之說沒有關係，反而一如上圖所示，與「山」有關。

* * *

「陰」與「陽」，皆從「阜」（讀〔埠 fau6；fù；ㄈㄨˋ〕）部。右圖是「阜」字的甲骨文寫法，這個字描繪了三座大土山的模樣，其本義就是「大土山」。故此從「阜」部的字大多都跟「山」有關，譬如：「陡」

解作「山勢陡峭」,「險」解作「山勢崎嶇」;至於「陰」和「陽」,也自然也跟山嶺有關,其本義如下:

陰……水之南、山之北也。(《說文解字·阜部》)

水北為陽,山南為陽。(《左傳·僖公二十八年》)

綜合上述資料,可見**「陰」是「山嶺北坡、河流南岸」,「陽」是「山嶺南坡、河流北岸」**。為甚麼會有這樣的分野呢?我們先看看這兩個字的構造。

* * *

「陽」是形聲字,「阝」是形符,表示「山嶺」;左邊的部件「昜」既是表示讀音的「聲符」,也是表示意思的「形符」,所指的是「陽光」。右圖是「昜」的金文寫法:上面的「日」是太陽,下面呈「T」狀的部件像樹枝,左邊的兩筆像太陽的光線,整個字描繪出「太陽升到樹上,陽光穿過樹枝照射下來」的情景。「昜」的本義就是「陽光」,是「陽」的初文(初文:一個字的最早期寫法)。「阝」和「昜」結合成「陽」,說明「陽」是指陽光照射得到的南坡。

「陰」也是形聲字,「阝」是形符,表示「山嶺」;而「侌」(讀〔音;yīn;一ㄣ〕)既是表示讀音的聲符,也是表示意思的形符:下面的「云」是雲朵,象徵太陽因被雲朵遮擋而照射不到,「侌」的本義就是「陰暗」,是「陰」的初文。「阝」和「侌」結合成「陰」,說明「陰」是指陽光照射不到的北坡。

「陰」和「陽」的字義都理解了,現在只剩下最後謎團:同樣是山,為甚麼南坡會被陽光照射到,北坡卻照射不到呢?

* * *

地球的地軸是傾斜的。如圖所示，「北迴歸線」以上的地區，陽光會向偏南照射；而中原地區位處北迴歸線以上，故此先民看到的陽光是向偏南照射的。陽光偏南意味着較容易照射到山嶺南坡或河流北岸，這些地方的陽光較為充沛；相反，山嶺北坡或河流南岸，受陽光的照射較少，環境相對陰暗。故此先民**把陽光照射較多的南坡稱為「陽」**；相反，**把陽光照射較少的北坡稱為「陰」**。

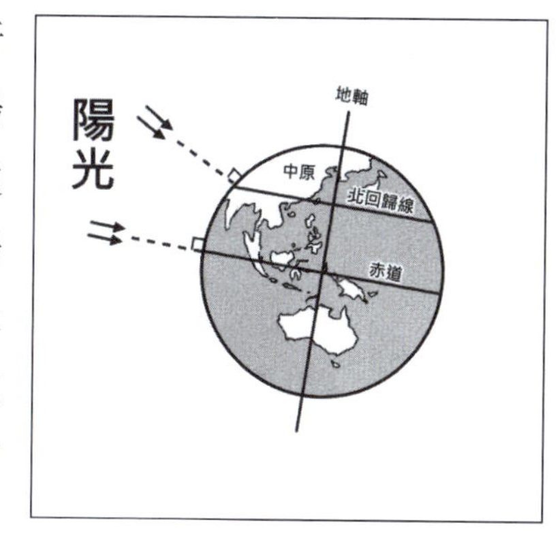

後來，先民用「陰」、「陽」來為地方命名：位處山北、河南的，稱為「陽」；位處山南、河北的，則稱為「陰」。譬如我們耳熟能詳的〈岳飛之少年時代〉，一開首就交代了岳飛的故鄉——湯陰。「湯陰」就是今天河南省安陽市的「湯陰縣」，當中「湯」是河流名稱，即「湯河」，湯陰就是位處湯河的南岸。

*　　　　*　　　　*

「陰」、「陽」這兩個字傳入日本後，日本人也利用它們來為地方命名。譬如前頁圖中的「山陰」、「山陽」，就是指「山陰地方」和「山陽地方」這兩個日本地理區域，當中的「山」是指位於本州西南部、呈東西走向的「中國山地」。**「中國山地」以南的地區，稱為「山陽地方」**，涵蓋兵庫南部、岡山、廣島、山口縣南部等地；而

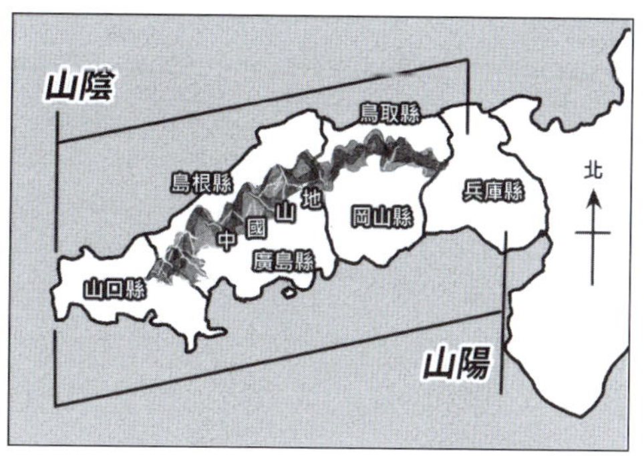

「中國山地」以北的地區，則稱為「山陰地方」，包括了鳥取縣、島根縣、山口縣北部等地。

由於「山陽電車」來往姬路、高砂、別府、明石、神戶等地，這些地方皆屬「山陽地方」的兵庫縣，因此這條鐵路就以「山陽」來命名；至於「山陰本線」則主要途經鳥取縣、島根縣、山口縣等屬於「山陰地方」的地方，因此這條鐵路就以「山陰」來命名了。

延伸篇章

漢高祖烹狗縛韓信

西漢·司馬遷《史記·淮陰侯列傳》（節選）

摘要 有人告發韓信謀反，漢高祖因而狠心地把韓信這位功臣逮捕。韓信痛罵漢高祖背信棄義，可是他又何嘗不是這樣對待鍾離眛？

漢六年，人有上書告楚王信反。高帝以陳平計，發使告諸侯會陳❶：「吾將游雲夢❷。」實欲襲信。

高祖且至楚。人或說〔讀〔歲〕〕信曰：「斬眛〔讀〔歲〕〕❸謁〔讀〔咽 jit3〕〕❹上，上必喜。」信見眛計事。鍾離眛曰：「漢所以不擊取楚，以眛在公所。若欲捕我以自媚〔讀〔未〕〕於漢，吾今日死，公亦隨手亡矣。」乃罵信曰：「公非長〔讀〔掌〕〕者❺！」卒自剄〔讀〔景〕〕。

信持其首，謁高祖於陳。上令武士縛信，載後車❻。信曰：「果若人言：『狡兔死，良狗亨❼；高鳥盡，良弓藏；敵國破，謀臣亡。』天下已定，我固❽當亨！」上曰：「人告公反。」遂械繫❾信。至洛陽，赦〔讀〔瀉〕〕信罪，以為淮陰侯。

注釋

❶陳：位於今河南省東部的周口市 淮陽縣。
❷雲夢：即雲夢澤，湖泊名，位於今湖北省中部，已經消失。
❸眛：即鍾離眛，曾是項羽的部將，項羽敗亡後，逃到楚國投靠楚王韓信，韓信則派兵保護鍾離眛，讓他免被漢高祖擒獲。
❹謁：拜見、晉見。
❺長者：這裏指忠厚誠信的人。
❻後車：侍從所乘坐的車子。
❼亨：通「烹」，烹煮。
❽固：必定。
❾械繫：用手銬腳鐐拘禁犯人。

篇章理解

1. 請解釋下列**粗體文字**在文中的意思。（3 分）

   i. 發**使**告諸侯會陳。 **使**：________

   ii. 人**或**說信曰。 **或**：________

   iii. 卒**自剄**。 **自剄**：________

2. 漢高祖派遣使者告知諸侯在陳地會面，其目的是（1 分）

   ○ A. 想巡視各諸侯國的領地。

   ○ B. 想諸侯帶自己到雲夢澤。

   ○ C. 想聲東擊西，突襲韓信。

   ○ D. 想藉此了解諸侯的政績。

3. 為甚麼韓信認為自己一定會被烹煮？（3 分）

____

____

4. 根據文章內容，填寫下表。（5 分）

事情發生的地點	相關地理位置
i. 韓信被押解到　　　　後被赦罪。	洛水　　的
ii. 韓信被貶謫當　　　　的諸侯王。	的

5. 為甚麼鍾離昧責罵韓信「公非長者」？（3 分）

____

____

拍攝地：兵庫縣姬路市駅前町

終於來到姬路！時值盛夏八月的正午，酷熱難耐，唯有先到車站地下街避暑。走着走着，看見一家烏冬麪店，客人不多，加上有冷烏冬出售，因而馬上上前看看價錢：並盛，390 円；大盛，也不貴；即使是特盛，也只是港幣 33 元。

到日本餐廳用膳，相信都會經常看到「並盛」、「大盛」、「特盛」這些用詞，那麼「盛」字背後有着甚麼故事呢？

*　　　*　　　*

先從「盛」說起。左圖 是「盛」的甲骨文寫法，右邊的部件是「成」，是聲符，表示讀音；至於左邊的部件是形符，由「皿」和四點組成：「皿」是器皿，外面的四點是穀物，表示器皿「盛載」着穀物。**「盛」的本義就是「盛載」，讀音是〔成；chéng；ㄔㄥˊ〕。**

後來，這個「盛」字破讀（破讀：一個字因意義改變而讀成另一個音）作〔剩；shèng；ㄕㄥˋ〕，解作「盛大」、「旺盛」。譬如文章開首提到「盛夏八月」，意指「夏季最炎熱的時候」，也就是「熱力最『旺盛』的時候」，故此「盛夏」的「盛」應該讀〔剩；shèng；ㄕㄥˋ〕。

那麼，「並盛」、「大盛」、「特盛」中的「盛」字，是要讀〔剩；shèng；ㄕㄥˋ〕，還是要讀〔成；chéng；ㄔㄥˊ〕呢？

* * *

「盛」的本義是「盛載」，應當讀〔成；chéng；ㄔㄥˊ〕，後來**引申出新字義——器皿，讀音同樣是〔成；chéng；ㄔㄥˊ〕**。清朝人段玉裁在《說文解字註．盛部》中這樣說：

盛者，實於器中之名也，故亦呼「器」為「盛」。

「盛」就是杯、碗、碟之類的器皿，都是用來存放物品（實於器中）的。

根據《左傳．哀公十三年》記載，越國反擊吳國，吳軍糧草的補給路線被越軍截斷，吳國大夫申叔儀只好向跑到魯國，向大夫公孫有山乞求，借出糧食。申叔儀不好意思直接道出吳軍缺糧，於是憑〈乞糧歌〉寄意，其中兩句說：

旨酒一盛兮，余與褐之父睨之。

申叔儀說美酒（旨酒）只有一杯，自己跟身穿布衣的老百姓（褐之父）只能白白看着（睨，讀〔藝；nì；ㄋㄧˋ〕）美酒，卻不能夠暢飲，暗示吳國走投無路，才被迫請求魯國借糧。句中的「盛」是存放美酒「器皿」，因此應當讀〔成；chéng；ㄔㄥˊ〕。

美酒也好，麪條也好，都需要用上器皿來盛載：盛載美酒的「盛」要讀〔成；chéng；ㄔㄥˊ〕，那麼盛載麪條的「盛」一樣要讀〔成；chéng；ㄔㄥˊ〕。用來盛載麪條的器皿，一般是「碗」，烏冬麪店裏的「大盛」是「大碗」，「特盛」是「特大碗」；至於「並」在日文裏解作「普通」，故此「並盛」就是指「中碗」或「普通裝」了。

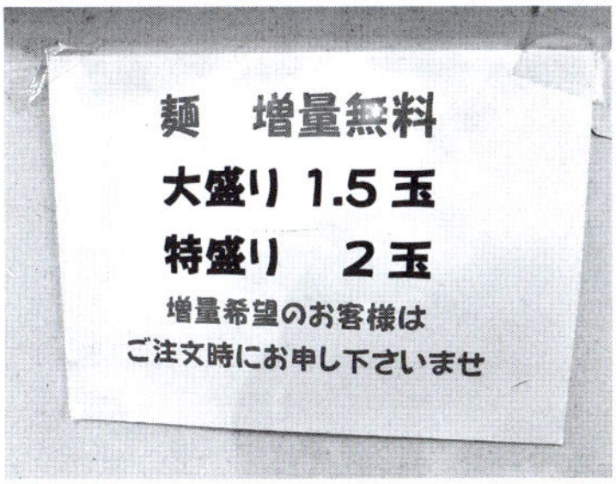

拍攝地：大阪府大阪市難波地下街

爪哇國終年無霜雪

元·周致中《異域志·卷上》（節選）

摘要 爪哇國，在二千年前的東漢就跟中原有聯繫，後來更成為歷代的朝貢國。從天氣、物產，到習俗、民風，爪哇都跟中原的大有不同。

爪哇國❶

古闍（讀〔蛇〕）婆國❷也，自泉州❸舶（讀〔薄〕）❹一月可到。天無霜雪，四時之氣常燠（讀〔郁〕）。地產胡椒、蘇木❺，無城池兵甲，無倉廩（讀〔凜〕）府庫。每遇時節，國王與其屬馳馬執槍校（讀〔較〕）武，勝者受賞，親朋踴躍以為喜，傷死者其妻不顧而去。飲食以木葉為盛，手撮（讀〔猝〕）❻而食。宴會則男女列坐，笑喧盡醉。凡草蟲之類，盡皆烹食。市賈（讀〔古〕）皆婦人，婚娶多論財，夫喪，不出旬（讀〔秦〕）日而適❼人。與中國為商，往來不絕。

「爪哇國」在清朝編訂的《古今圖書集成》中被寫作「瓜哇國」。圖為《古今圖書集成·方輿匯編·邊裔典》中「瓜哇國人」的形象，清楚描繪了瓜哇國人「飲食以木葉為盛，手撮而食」的情景。

注釋

❶爪哇國：位於今天印尼的爪哇島。
❷闍婆國：爪哇國在唐朝時的叫法。
❸泉州：即今天福建省的泉州市。
❹舶：大船。
❺蘇木：即「蘇枋」樹，原產於東南亞，樹幹汁液可用作染料。
❻撮：以三隻手指抓物。
❼適：出嫁。

篇章理解

1. 請解釋下列**粗體文字**在文中的意思。（2 分）

i. 無倉**廩**府庫。　　**廩**：＿＿＿＿

ii. 市**賈**皆婦人。　　**賈**：＿＿＿＿

2. 將下列句子語譯成通順的語體文。（3 分）

飲食以木葉為盛，手撮而食。

＿＿＿＿＿＿＿＿＿＿＿＿＿＿＿＿

3. 綜觀全文，下列哪一項有關爪哇國的描述是**錯誤**的？（1 分）

○ A. 會生吃昆蟲。　○ B. 氣候終年炎熱。

○ C. 沒有防衛裝備。　○ D. 盛產胡椒、蘇木。

4. 文章提到爪哇國君臣武藝比試一事，請填寫下表。（4 分）

臣下勝負	結果
i. 勝出	
ii. 落敗	

5. 爪哇國女性地位低下嗎？試舉**其中一例**，加以說明。（3 分）

＿＿＿＿＿＿＿＿＿＿＿＿＿＿＿＿

＿＿＿＿＿＿＿＿＿＿＿＿＿＿＿＿

＿＿＿＿＿＿＿＿＿＿＿＿＿＿＿＿

字義流變：
帽子→戴帽子→成人禮→成年

拍攝地：奈良市二條町

到奈良遊歷，除了餵鹿，還可以到「平城宮跡歷史公園」，參觀正在復修的多座宮殿和城門，更可以在街上遊走，看看有哪些特色商鋪。當走到「大和西大寺站」附近的二條町時，發現一幅十分特別的商店招牌——上面寫有「冠婚葬祭」四字。

「冠婚葬祭」，合稱「四禮」，是指人從出生到死亡必須經歷的四種禮儀——冠禮、婚禮、葬禮、祭禮。婚者，締結兩家之好；葬者，後輩讓先人入土為安；祭者，後輩陳物供奉祖先 ；那麼「冠禮」是怎樣的一種儀式呢？

* * *

「冠」**本讀〔官；guān；ㄍㄨㄢ〕，解作「帽子」，後讀作〔罐；guàn；ㄍㄨㄢˋ〕，解作「戴帽子」**，而**「冠」是給成年男子戴上帽子的儀式**，故此應讀〔罐；guàn；ㄍㄨㄢˋ〕。換言之「冠禮」就是成人禮。

今天，海峽兩岸的華人地區，都以十八歲為成年年齡，可是在古代卻並非如此，而且男女各有不同：男子為二十歲，行的是「冠禮」；女子則為十五歲，行的是「笄禮」(「笄」讀〔雞；jī；ㄐㄧ〕)。我們這次集中說「冠禮」。

古代幼童不會剪髮，而是任由頭髮生出、留長、垂下，因此有「垂髫」（「髫」讀〔條；tiáo；ㄊㄧㄠˊ〕）一詞，既指垂下來的頭髮，也用來借指幼童。陶潛〈桃花源記〉裏就有「黃髮、垂髫，並怡然自樂」之句，就是說桃花源裏的老人（黃髮）和小孩都過得開心愉快、悠然自得（怡然自樂）。

到八九歲左右，孩子的頭髮越來越長，就開始需要理髮：在頭上左右兩側，把頭髮編紮（總）成角狀的髻，因而稱為「總角」。人們於是用「總角」來指八九歲到十三四歲的孩子。

到十五歲，男子開始進入「準成年」的階段，為未來的學業、事業、家業作準備。孔子說過：「吾十有五而志於學。」（見《論語．為政》）就是這個意思。這個時候，男子要再次轉換髮型，改兩角為一束——束髮成髻。《大戴禮記．保傅》這樣說：

束髮而就大學，學大藝焉，履大節焉。

男子束髮後，就會入讀太學，學習重要知識、履行重大禮節，為迎接二十歲的成年之齡作準備。

垂髫

總角

束髮

*　　　*　　　*

到二十歲，男子成年了，就要進行「冠禮」。《儀禮》是記載先秦時代禮儀制度的一本儒家典籍，當中以講述冠禮儀式的〈士冠禮〉為首篇，足見冠禮的重要程度。〈士冠禮〉清楚列明冠禮的每個程序和儀式，在此就不加贅述了；反而當中的核心儀式──「三加」，卻想給大家介紹一下。

據《禮記正義．郊特牲第十一》記載，「三加」是指冠禮主持人會為受冠者戴上三次帽子，藉此給予三大寄望：第一次，戴上黑布帽子（緇布冠，「緇」讀〔之；zī；ㄗ〕），期望他崇尚儉樸；第二次，戴上鹿皮帽子（皮弁，「弁」讀〔辯；biàn；ㄅㄧㄢˋ〕）期望他日後為政，能懷有無私為民的精神；第三次，戴上祭祀禮帽（爵弁），期望他參加祭祀時，能懷有對神明與祖先的敬意。

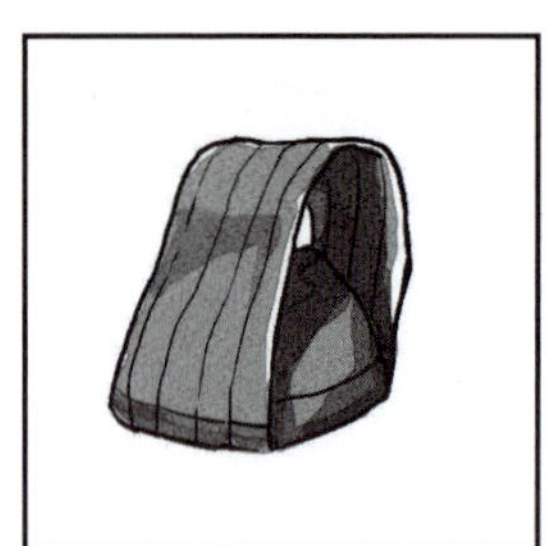

進行「三加」儀式時所用的帽子，從左到右分別為：緇布冠、皮弁、爵弁

「三加」儀式完成後，主持人會為受冠者授予「表字」。表字，是受冠者的親人在受冠者的本名上所給予的別稱，藉此表揚德行，故此稱為「表德之字」，簡稱「表字」或「字」。譬如說，我們經常用「孔明」來稱呼諸葛亮，其實「孔明」是諸葛亮的表字，而「亮」才是他的本名。「本名」只能由受冠者或尊長稱呼，其他人就要用「表字」來稱呼受冠者。主持人授予表字後，整個冠禮算是結束了。

男子剛加冠，是人生新開始，故此**用「冠」來表示成年**。剛成年男子的體格、力量還未完全壯健，故此古人以「弱冠」來表示二十至二十來歲。另外，「加冠」是男子成年與否的分界線，故此古人會以「未冠」來表示未成年。明朝人 凌濛初《初刻拍案驚奇 · 卷三》有這句：「內中只有一個未冠的人，年紀可有十五六歲。」文中「未冠的人」只有十五六歲，不足二十， 足證「未冠」就是指未成年。

*　　*　　*

「冠婚葬祭」後來傳入日、韓，並各自衍生出富有民族色彩的四禮儀式。時至今日，日、韓兩地分別把每年的 1 月 15 日、5 月第三個星期一定為「成人日」（日本又稱為「元服禮」）。在該年已屆或將臨成年的少男少女，會 在當日穿上傳統民族服裝，接受長輩的訓誨、祝福和禮物，並飲酒慶賀，頗有古代冠禮之風。反觀中華大地，「成人禮」似乎已經式微，雖偶 有所謂「現代成人禮」，可是其形式已跟古代的大相徑庭了。

延伸篇章

吳天蓋不仕授儒經

《南史‧隱逸列傳下》（節選）

摘要　「隱逸」即隱居，指深居簡出、不肯當官。吳苞是南朝著名的隱逸之士，雖然只有百多字的小傳傳世，卻能看出他隱逸不仕的風骨。

吳苞，字天蓋，一字懷德，濮〔讀僕〕陽鄄〔讀絹〕城人也。儒學，善「三禮❶」及老、莊❷。宋泰始中過江，聚徒❸教學。冠黃葛〔讀割〕❹巾，竹麈尾❺，蔬食❻二十餘年。與劉瓛〔讀援〕❼俱於褚〔讀杜〕彥回宅講授。瓛講《禮》，苞講《論語》、《孝經》，諸生朝聽瓛，晚聽苞也。

齊隆昌元年，徵為太學博士，不就。始安王及江祏〔讀石〕、徐孝嗣共為立館❽於鍾山❾下教授，朝士多到門焉，當時稱其儒者。自劉瓛以後，聚徒講授，唯苞一人而已。

以壽終。時有趙僧巖〔讀岩〕、蔡薈，皆有景行❿，慕苞為人。

注釋

❶三禮：儒家典籍《周禮》、《儀禮》和《禮記》的合稱，統稱《禮經》。
❷老、莊：老子和莊子，道家代表人物，這裏指二人的道家學說。
❸徒：門徒、生徒、學生。
❹黃葛：植物名稱，莖皮纖維可用來織成「葛布」，也稱作「黃葛」，是平民百姓所穿衣服的原材料。
❺麈尾：一眾用來掃塵或驅趕昆蟲的器具，類似塵拂。
❻蔬食：吃蔬菜等粗劣的食物。
❼劉瓛：南朝時代宋、齊兩朝的著名學者。
❽館：這裏指「學館」，相當於今天的學校。
❾鍾山：即今天南京的紫金山。
❿景行：高尚的德行。

篇章理解

1. 請解釋下列**粗體文字**在文中的意思。（2 分）

   i. 與劉瓛**俱**於褚彥回宅講授。　　**俱**：________

   ii. **徵**為太學博士，不就。　　**徵**：________

2. 根據文章內容，填寫吳苞的個人資料。（2 分）

姓	名	iii.
i.	ii.	iv. 「天蓋」和「　　　　」

3. 文章哪三句反映吳苞過着簡樸的生活？請略作說明。（3 分）

   i. 原句：________

   ii. 說明：________

   ____

4. 吳苞和劉瓛是當時的兩大學者，請填寫下表。（4 分）

人物	講課內容	講課時段
i. 劉瓛		
ii. 吳苞		

5. 文章怎樣運用**側面描寫**，反映吳苞有着高尚的品德？（4 分）

   i. ________

   ii. ________

驛

字義流變：

驛馬→驛站→車站

拍攝地：京畿道水原市國鐵水原站

2023年1月，當時香港還未恢復通關，筆者卻隻身遠赴十多年沒有到過的韓國，拜訪新景點之餘，也探望當地的舊朋友。

韓國「去漢字化」多年，可是在一些公眾場所還可以看到不少漢字，譬如上圖的「水原驛」，所指的就是「水原站」。

古人以馬匹作為主要陸路交通工具，故此到了現代，不少跟陸路交通有關的事物，都以「馬」來命名，例如「馬路」，本是供馬匹馳行的大道；又如「鐵馬」，本指披甲上陣的戰馬，現在多用來比喻電單車；那麼「驛」跟馬匹又有着甚麼關係？

*　*　*

「驛」讀〔亦；yì；一ˋ〕，本指「驛馬」，是指專供傳遞公文的人員或趕赴遠路的官員所使用的馬匹。驛馬靈活健行，不過路途如果太遙遠，人和馬都需要中途休息，「驛站」亦應運而生：設置於全國各地的主要大道上，為相關人員提供食宿及換馬服務。

「驛站」起初稱為「驛」，也就是為傳遞公文的人員或趕赴遠路的官員提供食宿或換馬服務的地方。南宋陸游的詞作〈卜算子·詠梅〉首句說：「驛外斷橋邊。」由此可以推測，陸游應當是在某處驛站外的一道斷橋旁邊，遇見梅花的。

「驛站」又稱作「傳」（讀〔鑽；zhuàn；ㄓㄨㄢˋ〕），《史記·廉頗藺相如列傳》裏有這幾個耳熟能詳的句子：

秦王度之，終不可彊奪，遂許齋五日，舍相如廣成傳。

秦王估計不可以強行奪去和氏璧，於是暫且答應藺相如齋戒五日，然後舉行九賓禮。齋戒期間，秦王就把藺相如安置到一間名叫「廣成」的驛站休息。引文中的「傳」就是驛站。

亦有人把「驛」和「傳」並稱為「驛傳」。清人畢沅《續資治通鑑·宋理宗紹定二年》中有「蒙古始置倉廩，立驛傳」之句，意指蒙古人開始在境內設置糧倉、驛站。直到**蒙古人入主中原後，就把「驛傳」譯作「站赤」（Jamuci）**。《元史·兵志四》這樣說：

元制，站赤者，驛傳之譯名也。

另外，據《元史·世祖本紀十》記載，元世祖忽必烈曾下令：「諸處站赤飲食，官為支給。」意指全國各地驛站的飲食，全部改由官府提供。這就是蒙古人把「驛站」譯作「站赤」的證據。

時日久了，**人們再把「驛傳」和「站赤」合稱做「驛站」。**清人魏源在《聖武記·卷十》中，記載了元太宗窩闊台的一段話：

我即位後，惟四善政：一、平定金國；二、設立驛站；三、無水草處，穿井立營；四、各處城池，設官鎮守。

窩闊台的其中一項德政，就是設立「驛站」，當中的「驛站」正是由「驛傳」和「站赤」合併而來的。

*　*　*

中原的「驛傳」系統也流傳到日、韓。朝鮮半島的高麗王朝設立了超過五百個驛站，分佈在全國二十二條稱為「驛道」的主要道路上，譬如「尚州道」（位於今韓國慶尚南、北道一帶）就有「幽谷」、「洛東」、「安溪」、「文居」等二十五個驛站。在日本，「驛站」則稱為「宿場」或「宿驛」，譬如位於東京的「原宿」和「新宿」，分別是江戶時代之前及期間所興建的宿場。

直到鐵路傳入中、日、韓等地，人們都趕着為這新穎事物配上譯名。由於火車站可以讓搭客乘坐列車、轉換列車或在稍作休息，與古代驛站功能相近，人們於是用「驛」與「站」作為「station」的譯名：**中國選用「站」或「車站」，日本和朝鮮則沿用「驛」**，當中日本用上日本漢字「駅」（讀〔eki〕），而朝鮮則兼用韓文「역」（讀〔yoek〕），不過在去漢字化後就棄用「驛」字了。

首爾站和台北車站都用上中、英、日、韓四種文字來展示站名，可以看到中文用上「站」或「車站」，英語用上「Station」，日文用上「駅」，韓文則用上「역」。（拍攝地：仁川機場鐵路首爾站、臺北捷運台北車站）

延伸篇章

宜城驛處處昭王跡

唐·韓愈〈記宜城驛〉

摘要　宜城位於今天湖北省的襄陽市，曾是春秋時代楚昭王的都城。韓愈被貶潮州期間，途經當地的驛站——宜城驛，因而寫下了這篇文章。

此驛置在古宜城內，驛東北有井，傳是昭（讀〔超〕）王井，有靈異❶，至今人莫汲（讀〔級〕）。驛前水，傳是白起❷堰（讀〔演〕）❸西山下澗（讀〔諫〕），灌此城壞，楚人多死，流城東陂（讀〔悲〕）❹，臭聞遠近，因號其陂「臭陂」，有蛟（讀〔交〕）❺害人，漁者避之。

井東北數十步，有楚昭王廟，有舊時高木萬株，多不得其名，歷代莫敢翦（讀〔剪〕）伐，尤多古松大竹。于太傅（讀〔父〕）❻帥襄（讀〔雙〕）陽，遷宜城縣，並改造南境數驛，材木取足此林。舊廟屋極宏盛，今惟草屋一區。然問左側人，尚云：「每歲十月，民相率聚祭其前。」

廟後小城，蓋王居也。其內處偏高，廣員八九十畝（讀〔某〕），號「殿城」，當是王朝內❼之所也，多磚，可為書硯（讀〔現〕）。自小城內地，今皆屬甄（讀〔因〕）氏。甄氏於小城北立墅（讀〔緒〕）以居。甄氏有節行，其子逢，以學行（讀〔幸〕）為助教❽。元和❾十四年二月二日題。

注釋

❶靈異：神靈。　❷白起：戰國時秦國名將，曾攻楚並奪取宜城等地。
❸堰：堤壩，這裏作動詞用。　❹陂：池塘。　❺蛟：這裏指鱷魚。
❻于太傅：于頔，唐朝人，曾當上「司空」之位，故此用「太傅」尊稱他。
❼朝內：外朝（朝廷）和內廷（國君的居所）。
❽助教：官名，協助國子學博士教授知識。　❾元和：唐憲宗的年號。

篇章理解

1. 請解釋下列**粗體文字**在文中的意思。（2 分）

   i. 廟後小城，**蓋**王居也。 **蓋**：________

   ii. 元和十四年二月二日**題**。 **題**：________

2. 楚昭王廟四周的樹木都保持完好，是因為（1 分）

   ○ A. 樹木的種類不明。 ○ B. 當地人從不敢砍伐。
   ○ C. 樹木受到神靈保護。 ○ D. 樹木沒有經濟價值。

3. 何以見得宜城的百姓有着「尊重神靈」價值觀？（2 分）

   i. ________

   ii. ________

4. 文章第三段從哪些角度介紹「殿城」？（2 分）

   ①地勢 ②歷史 ③面積 ④風格 ⑤位置

   ○ A. ①②⑤ ○ B. ①③⑤
   ○ C. ②③④ ○ D. ③④⑤

5. 甄逢憑藉甚麼條件，被任命為國子學助教？（2 分）

   □□ 、 □□

6. 本文的體裁是________。（1 分）

7. 有說本文運用了「步移法」，請加以說明。（3 分）

   ____

   ____

畿

字義流變：

疆域→天子轄地→京城四周

拍攝地：京畿道龍仁市京畿道博物館外

這天來到「京畿道博物館」參觀。「京畿道」是韓國九道（京畿道、江原道、忠清北道、忠清南道、全羅北道、全羅南道、慶尚北道、慶尚南道、濟州道）之一，地理上幾乎包圍着整個首爾，當中「京」解作「京城」，也就是首爾，那麼「畿」指的是甚麼？

*　　　　*　　　　*

「畿」讀〔基；jī；ㄐㄧ〕，從「田」部，**本義是疆域**。《詩經．玄鳥》就出現過這個字：

邦畿千里，惟民所止。

「邦畿」解作「邦國疆域」，說的是商王勢力範圍；「千里」只是虛數，泛指商朝國土遼闊；「惟民所止」意指百姓全都住在商王勢力範圍內，暗裏讚美百姓安居樂業，都有賴商王管治。

到周朝時，「畿」的字義有所改變，是指**京城外圍、由周天子直接管轄的地區**。許慎在《說文解字．田部》這樣解釋：

畿，天子千里地。

周朝推行分封制，各級諸侯所得國土大小有等級之分。據《禮記．王制》記載：「天子之田方千里，公侯田方百里，伯七十里，子男五十里。」由周天子直接管轄的土地叫做「畿」或「王畿」，所謂「方千里」是指縱、橫各一千里，可見王畿的面積相當廣闊。

*　　　　*　　　　*

「京」、「畿」合為**「京畿」**一詞，始見於東漢末，是指**「京城及其附近地區」，相當於今天的「首都圈」**。漢獻帝建安十八年（公元213年），曹操被冊封為魏公，尚書右丞潘勖（讀〔沃；xù ㄒㄩˋ〕）奉命撰寫〈冊魏公九錫文〉，當中這有幾句：

遂建許都，造我京畿，設官兆祀，不失舊物。

這幾句是說曹操建許都、迎獻帝，並悉心經營京城及附近地區（造我京畿），還設官制、建祭壇（設官兆祀），完全沒有摒棄昔日的典章制度（不失舊物），都是在歌頌曹操的功績。

至於將「京畿」作為地方名稱，則是唐朝的事。貞觀元年，唐太宗將全國分為十個名為「道」的監察區域：關內道、河南道、河東道、河北道、山南道、隴右道、淮南道、江南道、劍南道、嶺南道。當中「關內道」就包含京城長安及其附近地區。

唐玄宗時，就將十道細分為十五道，譬如把「關內道」分拆為「關內」及「京畿」二道。當中「京畿道」管轄京師長安及附近的五個州：華州、同州、岐州（「岐」讀〔旗；qí；ㄑㄧˊ〕）、邠州（「邠」讀〔賓；bīn；ㄅㄧㄣ〕）、商州。

「京畿道」這叫法不久流傳到朝鮮半島。與宋元時期相若的高麗王朝以「開京」（即今天北韓的開城）為京城。公元1018年，高麗顯宗將開京附近兩個縣的土地歸入中央管轄，稱為「京畿」。

京畿道博物館大堂內掛有一條用中文寫上「京畿，國家根本之地」的直幡，暗示「京畿」就是指京城及其周邊地區。

至於與明清時期相若的朝鮮王朝，就是以「漢陽」（即首爾）為京城。公元1414年，朝鮮太宗設立「朝鮮八道」，當中「京畿道」的範圍包括漢陽（京）及其周邊地區（畿），譬如：仁川、江華、水原、龍仁、金浦等。

經歷多番變革，以及後來的日本佔領和南北分裂，今天南韓京畿道的範圍與昔日設道時的大致相若，只是不再涵蓋首都首爾、西邊的仁川廣域市及北邊的北韓領土而已。

* * *

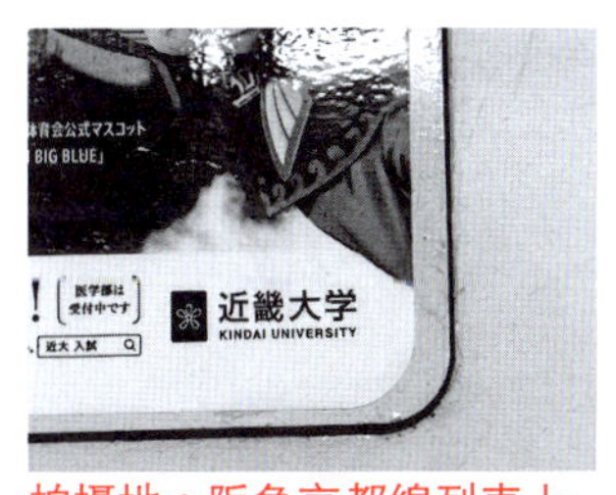

拍攝地：阪急京都線列車上

至於一海之隔的日本，其地理區域的劃分也受到中原的影響。京都、奈良、大阪都曾是天皇居住地，故此時人就用「近畿」作為這一帶的地理區域名稱，稱之為「近畿地方」。

拍攝地：奈良市近鐵新大宮站

後來皇居搬遷到東京，可是「近畿」一詞一直用於與這個區域相關的不同事物上，譬如「近畿大學」就是一所位於大阪的私立大學，而簡稱「近鐵」的「近畿日本鐵道」則是橫跨大阪、京都、奈良等近畿地方的鐵路系統。

延伸篇章

封君義省錢迎兒媳

據《北齊書．封述列傳》略作改寫

摘要 北齊時的封述身為朝廷高官，卻是一名人見人憎的守財奴，不但不肯濟助貧病之人，就連兩位兒子的婚禮也不肯大破慳囊……

封述，字君義，渤海人。有幹用，年十八為濟〔讀〔制〕〕州征東府鎧〔讀〔海〕〕曹參軍❶；後以兼通直郎❷使梁❸。還，遷世宗大將軍府從事中郎，監京畿事。

述久為法官❹，明解律令，議斷平允，深為時人所稱。然而厚積財產，一無饋遺〔讀〔跪胃〕〕，雖至親密友貧病困篤，亦絕於拯濟，朝野物論❺甚鄙之。

一息，為娶李士元女，大輸財娉〔讀〔聘〕〕❻。及將成禮，猶競懸〔讀〔元〕〕違❼。述忽取供養像❽對士元打像作誓，士元笑曰：「封公何處常得應急像，須誓便用？」

一息娶盧莊之女。述又逕府訴云：「送贏〔讀〔雷〕〕❾乃嫌腳跛，評田則云鹹薄❿，銅器又嫌古廢。」

注釋

❶鎧曹參軍：軍中官職名稱。
❷通直郎：官職名稱。
❸梁：南朝的南梁，當時北齊與南梁隔長江對峙。
❹法官：負責審判案件的官員。
❺朝野物論：朝中與坊間（野）的輿論（物論）。
❻娉：同「聘」，聘禮，類似今天的訂婚，男方須贈與女方的禮物、禮金。
❼猶競懸違：依然為尚未交付的禮金（懸違）而爭執（競）。
❽像：這裏指佛像。
❾贏：同「騾」，騾子。
❿鹹薄：貧瘠（薄）的鹼土（鹹），含有大量鹼的泥土，不宜耕種。

篇章理解

1. 請解釋下列**粗體文字**在文中的意思。（2 分）

   i. 朝野物論甚**鄙**之。 **鄙**：________

   ii. 述又**逕**府訴云。 **逕**：________

2. 封述所擔任的「從事中郎」，主要職務是甚麼？（1 分）

   ____

3. 第二段提到封述的優缺點，請填寫下列表格。（3 分）

優缺點	簡略描述
i. 公平	
ii.	積累大量財產，卻不肯送贈或施捨給他人。

4. 承上題，第三、四段詳寫了封述缺點的事例，請各用不多於20字（標點包括在內），簡略寫出相關事情。（4 分）

i. 為兒子迎娶李士元的女兒（不多於20字）									
ii. 為兒子迎娶盧莊的女兒（不多於20字）									

5. 末段封述的話語運用了哪種修辭手法？（1 分）________

29 非常

字義流變：

非比尋常→十分、很→緊急事故

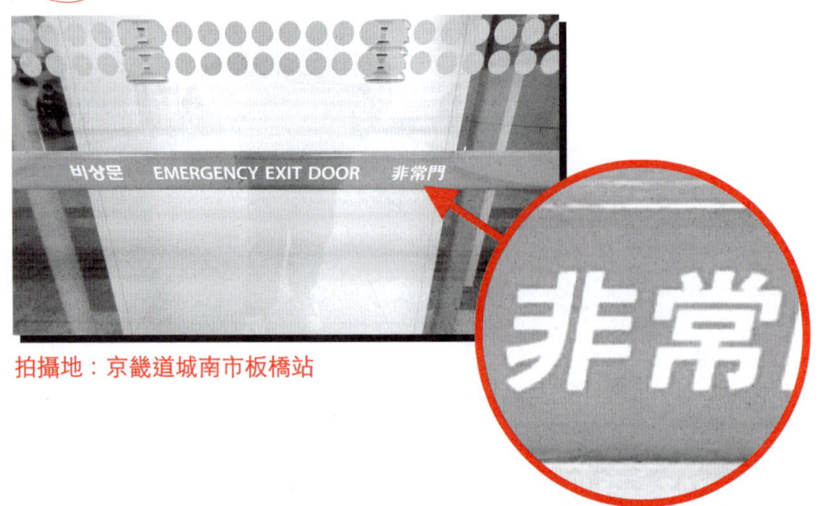

拍攝地：京畿道城南市板橋站

之前提到前來韓國的其中一個目的，就是跟舊朋友相聚，而這位舊朋友就是認識接近二十年的李善琳（이선림）。跟善琳約定在城南市地鐵板橋站（판교역）見面，才剛下車，就看到月臺幕門寫有「非常門」一詞。在漢語，我們會把「非常」與形容詞連用，跟名詞連用是錯誤的。難道「非常門」的「非常」是另有所指？

*　　　*　　　*

「非」就是「不」，「常」就是「尋常」，**「非常」的本義就是「不尋常」或「非比尋常」**。據《史記．司馬相如列傳》記載，司馬相如奉漢武帝之命，出使位於四川、雲南、貴州一帶的「西南夷」各國。最後，司馬相如成功打通前往西南夷的道路，因而撰寫了〈難蜀父老〉，藉此反駁當年蜀地百姓認為出使西南夷是毫無用處的看法。當中有幾句這樣寫：

世必有非常之人，然後有非常之事；有非常之事，然後有非常之功。

這句話是說：「世間必定出現非比尋常的人，才會做出非比尋常的事情；能夠做出非比尋常的事情，才會建立非比尋常的功勞。」司馬相如口中的「非常之人」，並非他自己，而是漢武帝。司馬相如讚賞漢武帝高瞻遠矚，派遣自己出使西南夷是「非比尋常」的偉大功績。漢武帝讀了這幾句後，自然高興得很。

* * *

正因為「非比尋常」，**「非常」因而引申出新詞義——十分、很**，用作副詞，表示事物性質的程度屬「非一般」。唐代宰相李德裕給唐武宗寫過〈昭義軍事宜狀〉一文，當中提到：

> 其端氏城是劉從諫近年修築，非常牢固。

「劉從諫」是昭義節度使。劉從諫過身後，其兒子劉稹（讀〔診；zhěn；ㄓㄣˇ〕）起兵作亂，而「端氏城」是劉從諫生前親令修建的，穩固程度屬「非一般」，故此李德裕認為朝廷必須儘早派兵駐守「端氏城」，佔據有利位置，這樣才能抵抗叛軍。

「非常」從「非比尋常」引申出「十分」這個新詞義，後來逐漸成為主流，在現代漢語裏用作副詞，直到今日。

* * *

由於有着「異於常態」的含義，因此**「非常」又引申出「突發事情」、「緊急事故」等新詞義**。據《史記．項羽本紀》記載，項羽與劉邦勢成水火，卻依然邀請劉邦出席鴻門宴，目的就是為了剷除被認為有異心的劉邦。劉邦早知其意，於是在鴻門會前夕，找來項羽的叔父項伯表明心跡。劉邦這樣說：

> 所以遣將守關者，備他盜之出入與非常也。

原來包括項羽、劉邦在內的一眾反秦義軍曾互相約定，誰先攻入關中地區，誰就能夠管治天下。後來劉邦比項羽更早殺入關中、攻破咸陽，卻沒有奪去城中一分一毫，反而撤退軍隊，等待項羽前來。劉邦跟項伯表明，自己之所以派人鎮守函谷關，只是為了防止其他割據勢力，並預防突發事情發生（備他盜之出入與非常），絕非想跟項羽爭天下；當中的「非常」就是指「突發事情」。

由於日本跟韓國兩地都保留了「緊急事故」這個古義，因此把各種緊急逃生設置都冠以「非常」之名，譬如：文章開首的「非常門」（緊急逃生門），還有「非常電話」（緊急電話，見下左圖）、「非常停止」（緊急停止，見下中圖）、「非常口」（緊急出口，見下右圖）等；而韓國由於推行去漢字化政策，於是將「非常」轉成韓文「비상」，並與「門」（문）結合成「비상문」了。

拍攝地：
東京地下鐵三越前站

拍攝地：
大阪阪急電鐵梅田站

拍攝地：
京都火車站八條東口

延伸篇章

譙議郎上書諫成帝

據《後漢書・獨行列傳》略作改寫

摘要　漢成帝寵幸第二任皇后趙飛燕，結果後宮大亂，皇子多早夭。負責給皇帝給予意見的「議郎」譙玄，於是上書勸諫。

帝立趙飛燕為皇后，后專寵懷忌，皇太子多橫❶夭〔讀〔腰〕〕。譙玄〔讀〔潮元〕〕上書諫曰：

「臣聞王者承天，繼宗統極。今陛下聖嗣〔讀〔字〕〕❷未立，天下屬〔讀〔祝〕〕❸望，而不惟❹社稷〔讀〔即〕〕之計，專念微行❺之事，愛幸用於所惑，曲意❻留於非正。

「竊聞後宮皇子產而不育。臣聞之痛心傷剝〔讀〔mok1〕〕，竊懷憂國，不忘須臾〔讀〔如〕〕。夫警衛❼不脩〔讀〔修〕〕，則患生非常。忽❽有醉酒狂夫，分爭道路，既無尊嚴之儀❾，豈識上下之別？願陛下念天之至重〔讀〔仲〕〕，愛金玉之身，均九女之施❿，存無窮之福，天下幸甚！」

注釋

❶橫：意外地。
❷嗣：繼承人。
❸屬：關注、注視。
❹惟：想、顧念。
❺微行：指皇帝微服出巡，到民間巡幸。
❻曲意：盡情、盡意，這裏指成帝對趙飛燕的專寵。
❼警衛：警戒、防衛。
❽忽：倘若、如果。
❾尊嚴之儀：莊重肅穆的禮節。
❿九女之施：對妃嬪的恩惠。

篇章理解

1. 請解釋下列**粗體文字**在文中的意思。（2 分）

i. 譙玄**上**書諫曰。　**上**：＿＿＿＿

ii. **竊**聞後宮皇子產而不育。　**竊**：＿＿＿＿

2. 趙飛燕成為皇后後，宮中發生了甚麼事情？（2 分）

i. 趙飛燕：＿＿＿＿；

ii. 皇　子：＿＿＿＿。

3. 請根據本文，用自己的文字填寫下列表格。（5 分）

漢成帝做錯的事情	帶來的後果
i.	
ii. 一心寵愛趙飛燕。	

4. 第三段的「醉酒狂夫」實際上是指誰人？試抒己見。（3 分）

＿＿＿＿

＿＿＿＿

5. 下列哪一句中的「**非常**」與其餘三句的意思不同？（1 分）

○ A. 備他盜之出入與**非常**也。（《史記・項羽本紀》）
○ B. 事出於**非常**，變起於不測。（蘇軾《策略・五》）
○ C. 此人相貌**非常**，只可激，不可說。（《三國演義》）
○ D. 夫警衛不脩，則患生**非常**。（〈譙議郎上書諫成帝〉）

廳

字義流變：

聽：聆聽→治理→辦公處→廳

拍攝地：首爾國鐵水仁盆唐線江南區廳站月臺

漢江把首爾分成南北兩大部分，因此首爾市政府根據位處漢江的不同位置，設立了「江東」、「江南」、「江西」、「江北」四個行政分區（全首爾共有二十五個分區）。有分區，就自然要設立辦公室來處理區務。在韓國，政府辦公室稱為「廳」（청），換言之，「江南區廳」就是「江南區區務辦公室」，正好與「Gangnam（江南）-gu（區） Office（廳）」對應。

今天我們所認知的「廳」，不外乎客廳、飯廳等建築空間，可是「廳」跟政府辦公室有甚麼關係？那就要從「聽」說起了。

* * *

「聽」從「耳」部，本義是「用耳朵接受聲音」，也就是「聆聽」。《論語·顏淵》中有「非禮勿聽」之句。孔子認為，不符合禮法（非禮）的事不要聽——當然也不要看、不要說、不要做——這些都是仁者需要堅守的。

與人溝通，固然要專注聆聽；為官者亦然，同樣需要專心聆聽百姓訴求，因此**「聽」就從本義引申出兩個新字義——「治理」、「審理」**，前者牽涉政務，後者關乎案件，但都要求為官者用心聆聽、仔細審察。

北宋的王安石寫過一篇題為〈縣令王任可試大理評事充節推知縣〉的奏章，是以朝廷的名義，對一位名叫「王任」的官員進行評價。王任被朝廷任命為「大理評事」，兼任「節推知縣」，負責審理訴訟及治理縣務。在文中，王安石先對王任給予不錯的評價，認為他可以勝任上述職務，其後語重心長地寫道：

夫南面而聽百里，豈輕也哉？

他的意思是：身處官位（南面）的人治理（聽）一縣所轄之地（百里），難道是輕易的事嗎？王安石想寄語王任，希望他能夠堅守恕道，對百姓寬容，尋求以仁愛之心來治理百姓，而不是每每動用刑法來嚇唬他們。

孔子不只是教育家，他也曾當過官，譬如在魯國就當過「大司寇」，與今天的「首席法官」類似。對於自己的工作目標，孔子在《論語．顏淵》中這樣說：

聽訟，吾猶人也，必也使無訟乎！

孔子表示，自己在審理訴訟案件（聽訟）時，所用方法跟其他法官的差不多（猶人也），可是目標卻不一樣：一定會盡力讓控、辯雙方和解，繼而不用再訴訟（必也使無訟乎），藉此避免一贏一輸的局面，由此可以看到孔子重教化而輕刑獄的仁厚一面。

* * *

法官審理案件、縣官治理政務，都需要工作地方，故此**「聽」**

又引申出新字義——官員辦公之地，不過起初叫做「聽事」或「廳事」。大家都讀過《晉書．樂廣列傳》中「杯弓蛇影」的故事吧：河南府府尹樂廣曾邀請客人到辦公處喝酒，怎料客人在飲酒時看到酒杯中有蛇，因而大病一場。後來樂廣發現了當中原因：

河南聽事壁上有角，漆畫作蛇。

原來河南府辦公處（河南聽事）的牆壁上有一把角弓（角），弓上畫上了蛇的圖案（漆畫作蛇）。樂廣懷疑客人所指杯中的蛇，就是這條畫有蛇圖案的角弓的影子。當中「聽事」就是指官員辦公處，至於「廳事」，可見於南宋陸游的《入蜀記．卷四》：

州治陋甚，廳事僅可容數客。

這是說黃州的官署（州治）非常簡陋，辦公處（廳事）只能夠通納幾位客人。

*　　　*　　　*

後來「聽事」與「廳事」簡化作「聽」和「廳」。南朝宋劉義慶《世說新語．黜免》中有這句：

大司馬府聽前，有一老槐，甚扶疏。

這句是說「大司馬府聽」門前有一棵枝葉茂密（扶疏）的老槐樹，當中的「聽」就是指大司馬府（軍部最高負責人官署）的辦公處。那麼「聽」、「廳」二字有着甚麼關係？明朝的《正字通．耳部》就作了解釋：

漢、晉皆作「聽」，六朝以來始加「广」。

把「聽」寫作「廳」，是南北朝期間的事。可是先民為甚麼要加上「广」這個部首？「广」讀〔掩；yǎn；ㄧㄢˇ〕，如果用作部首，是用來表示結構較簡單或並非供人居住的建築。官府辦公處只是工作場所，因此當時的人就將部首「广」加在「聽」字之上，最終寫作「廳」了。

* * *

穿上印有「警視庁」背心的日本警察。（圖片來源：Unsplash；用戶：Alex Martinez）

到了今天，「廳」一般是指會客、宴會、行禮用的大房間，譬如客廳、飯廳、歌舞廳等，不再表示「政府辦公處」。即使內地有「財政廳」、「司法廳」的叫法，這個「廳」所指的卻只是「政府機關」，而不是「政府辦公室」；至於日本，則把這個「廳」寫作漢字「庁」，可是同樣表示政府機關，譬如有「警視庁」、「防衛庁」（今天「防衛省」的前稱）等，唯獨韓國保留了「政府辦公處」的用法。

是「聽」、「聽事」也好，是「廳」、「廳事」也罷，這幾個字詞都時刻提醒着古今為政者，要用心聆聽百姓意見，要仔細審察每宗案件，否則就是糟蹋孔子和王安石的一番寄語的了。

延伸篇章

莊有恭巧屬將軍對

清·徐珂《清稗類鈔·譏諷類一》（節選）

摘要 相信大家都看過電影《唐伯虎點秋香》裏華安與「對穿祥」對對聯的一幕，不過大家又可知道，戲中某副對聯正是來自以下故事？

粵中莊尚書有恭，幼有神童之譽。家鄰鎮粵將軍署（讀〔柱〕）❶，時為放風箏之戲，適落於將軍署之內宅❷，莊直入索取，諸役（讀〔亦〕）以其幼而忽之，未及阻其前進。

將軍方與客對弈，見其神格非凡，遽詰（讀〔揭〕）之曰：「童子何來？」莊以實對。將軍曰：「汝曾讀書否？曾屬（讀〔祝〕）對否？」莊曰：「對，小事耳，何難之有？」將軍曰：「能對幾字？」莊曰：「一字能之，一百字亦能之。」

將軍以其言之大而誇也，因指廳事所張畫幅而命之對曰：「舊畫一堂❸，龍不吟，虎不嘯（讀〔笑〕），花不聞香鳥不叫，見此小子可笑可笑。」

莊曰：「即此間一局棋，便可對矣。」應聲❹云：「殘棋半局，車無輪，馬無鞍（讀〔諫〕），炮無煙火卒無糧，喝聲將軍提防提防。」

注釋

❶署：官府、官署，官員辦公的地方。
❷內宅：內院。
❸堂：這裏用作圖畫的量詞，相當於「幅」。
❹應聲：隨着聲音，形容行事快速。

篇章理解

1. 請解釋下列**粗體文字**在文中的意思。（2 分）

   i. **適**落於將軍署之內宅。　　**適**：＿＿＿＿

   ii. 諸**役**以其幼而忽之。　　**役**：＿＿＿＿

2. 將下列句子語譯成通順的語體文。（3 分）

   對，小事耳，何難之有？

   ＿＿＿＿＿＿＿＿＿＿＿＿＿＿＿＿

3. 將軍用一幅＿＿＿＿在＿＿＿＿牆上的＿＿＿＿作為主題。（3 分）

4. 嘗試運用**對偶**，語譯將軍的上聯和莊有恭的下聯。（7 分）

	上聯句子	下聯句子
原文	龍不吟，虎不嘯。	車無輪，馬無鞍，
譯文	不　　，	車子沒　　，
	老虎不　　。	沒　　。
原文	花不聞香鳥不叫。	炮無煙火卒無糧。
譯文	花朵不　　，	大炮沒　　，
	鳴叫。	沒　　。

5. 文章怎樣運用側面描寫，來凸顯莊有恭的神童形象？（3 分）

   ＿＿＿＿＿＿＿＿＿＿＿＿＿＿＿＿

   ＿＿＿＿＿＿＿＿＿＿＿＿＿＿＿＿

廣雅指南 01

字旅行間——穿梭港臺日韓街巷．講習漢字根源流變

作　　者：田南君
責任編輯：黎漢傑
插　　圖：廖鴻雁
協　　力：張灝彥　陳紫渝
設計排版：D. L.
法律顧問：陳煦堂　律師

出　　版：初文出版社有限公司
電郵：manuscriptpublish@gmail.com

印　　刷：陽光印刷製本廠

發　　行：香港聯合書刊物流有限公司
香港新界荃灣德士古道 220-248 號
荃灣工業中心 16 樓
電話 (852) 2150-2100 傳真 (852) 2407-3062

海外總經銷：貿騰發賣股份有限公司
電話：886-2-82275988 傳真：886-2-82275989
網址：www.namode.com

版　　次：2025 年 6 月初版
國際書號：978-988-71098-4-6
定　　價：港幣 88 元　新臺幣 320 元

Published and printed in Hong Kong

香港印刷及出版